Daniel Parker

COMPTE À REBOURS

SEPTEMBRE

Traduit de l'américain
par Maud Godoc

Éditions J'ai lu

Titre original :
COUNT DOWN-SEPTEMBER
Published in the U.S. by Aladdin Paperbacks, an imprint
of Simon & Schuster, Children's Publishing Division, N.Y.

« UN TRIP D'ENFER ! »

Ariel baissa les yeux. Son jean était en flammes. Elle pouffa de rire. Toute cette fumée lui donnait des hallucinations. Quel trip d'enfer ! Génial, vraiment... Alors qu'elle commençait franchement à s'amuser, une ombre la saisit soudain à bras-le-corps, la plaqua au sol et la poussa dans les ronces. Aussitôt, le picotement bouillonnant qui lui dévorait les jambes se dissipa.

— Eh !

Elle se débattit avec vigueur et se redressa. Assise à ses côtés, Leslie reprenait son souffle.

— Ça va pas ? Qu'est-ce qui te prend ? bougonna Ariel.

— Enlève ton jean, lui ordonna Leslie.

Ariel cligna des yeux, interloquée.

— Quoi ?

Elle regarda à nouveau ses jambes. Non, ce n'était pas une hallucination. Son jean était en lambeaux et le tissu noirci continuait à dégager une fumée âcre. Retenant son souffle, elle retroussa le bas de son pantalon.

— Mon Dieu !

Sous le tissu encore brûlant, son mollet était intact. La peau était lisse et blanche. Pas une cloque, pas même une rougeur. L'estomac d'Ariel se serra.

— Regarde ma jambe ! Elle n'a rien ! Rien du tout...

— Ça va aller, tenta de la calmer Leslie en la prenant par les épaules d'un bras réconfortant. Ne t'inquiète pas. Il y a sûrement une explication.

Une larme roula sur la joue d'Ariel. Elle secoua la tête.

— Qu'est-ce que tu veux de plus comme explication ? Tu es aveugle ou quoi ? Rien ne peut m'atteindre. Je suis le Démon.

DANIEL PARKER

Daniel Parker est l'auteur de plus de vingt romans pour enfants et adolescents. Il vit à New York avec sa femme, son chien et un chat psychotique dénommé Bootsie. Il est du signe du Lion. Quand il n'écrit pas, il parcourt infatigablement le monde dans l'espoir vain de devenir une star de rock-and-roll. À ce jour, il a notamment composé plusieurs morceaux de blues pour le film The Grave *(mettant en scène un Anthony Michael Hall « gonflé » à bloc) et donné une série de concerts de rap à Hong Kong devant un public philippin époustouflé. M. Parker a autrefois travaillé dans une crémerie. Il a été licencié.*

À Mike Sullivan

L'Antique Parchemin des Scribes :

Au neuvième cycle lunaire,
Qui marque le passage de 5759 à 5760,
Le Démon et l'Élue se rapprocheront.
Et le Démon harcèlera l'Élue sans répit.
Constamment sur ses talons,
Il étourdira son esprit
Dans un tourbillon de mensonges,
Il aveuglera les Prophètes par ses mystifications,
Il usera de sortilèges
Pour détourner l'attention de lui-même,
Fourvoyant même les plus ardents
Partisans de l'Élue.
Les adorateurs du faux prophète seront dispersés
Sur ordre des serviteurs du Démon.
Ils s'égailleront aux quatre points cardinaux
Et attireront les croyants vers une mort effroyable.
Et le Démon dérobera à l'Élue
La Clé des Temps futurs.

Une pelle peut aider à changer les nouvelles.
Coupe la tarte et mets-la de côté.
Cours pour avoir le choix de pleurer.
Lapide une pendule pour échapper aux retards.
9/9/99.

Le compte à rebours a commencé...

Le long sommeil est terminé.

Pendant trois mille ans j'ai patiemment observé et attendu. Les Prophéties ont annoncé le jour où le soleil jaillirait et toucherait la terre — où mon sommeil prendrait fin, où mon arme antique s'animerait, où ma gloire assoupie rayonnerait de nouveau sur la planète et ses peuples.

Ce jour est arrivé.

Mais il ne peut y avoir de victoire sans combat. Toute civilisation, à travers les légendes les plus variées, illustre ce même noyau de vérité : le bien requiert le mal ; la rédemption requiert le péché.

Je ne suis donc pas seul. L'Élue m'attend. L'éruption solaire a permis la clairvoyance des Visionnaires, ceux qui peuvent rallier l'Élue pour empêcher l'avènement de mon règne. Mais s'ils veulent me vaincre, ils doivent d'abord comprendre le sens de leurs visions.

Car chaque vision n'est que la pièce d'un puzzle, un puzzle destiné à former un tableau... que je briserai en éclats pour recomposer l'image de mon choix.

Je suis prêt. Mes serviteurs aussi. Ils ont fait le nécessaire pour plonger les Visionnaires dans la confusion — prologue au temps glorieux où le compte à rebours s'achèvera et où mon arme antique annoncera une ère nouvelle.

Mes serviteurs ont déclenché le fléau qui a réduit la population de la terre à une horde d'adolescents terrorisés. Aucun de ces enfants ne sait comment ni pourquoi leurs aînés et leurs cadets ont péri.

Et ce n'était que le début.

Mes serviteurs se sont rendus maîtres du chaos. Ils subvertiront les Prophéties dans le dessein de transformer les masses en esclaves ignorants. Ils traqueront les Visionnaires, un par un, jusqu'à leur extermination totale. Ils élimineront les descendants des Scribes afin qu'aucun des Visionnaires ne prenne connaissance du parchemin. Les codes secrets demeureront secrets. Des calamités abominables et des catastrophes naturelles dévasteront la terre. Même l'Élue sera sans défense contre moi.

Je vaincrai.

PREMIÈRE PARTIE
Septembre

1er septembre 1999

CHAPITRE UN

Septembre

Puget Drive, Babylon, Washington.
9 h 35.

— IL faut la retrouver !

— Non, c'est exactement ce qu'Ariel espère. Elle veut qu'on la suive...

— Qu'est-ce que t'en sais ? T'as pas de visions...

On ne s'en sortira jamais, songea Sarah Levy, allongée dans le jardin d'un pavillon de banlieue abandonné. Toute la nuit, elle avait entendu les mêmes bribes de conversations terrifiées. Personne n'avait fermé l'œil. Le soleil était déjà haut dans le ciel, réchauffant la brise océane qui faisait bruire les pins, et ils étaient tous encore là à discuter dans le vide, passant d'un feu de camp à un autre. La scène lui rappelait Tel Aviv après un attentat palestinien : il y avait la même électricité dans l'air, comme si tout le monde redoutait un nouveau drame imminent.

Nous avons été témoins de l'inconcevable.

Sarah n'arrivait toujours pas à croire qu'elle avait vu le Démon en personne. Elle n'avait pas vraiment prêté attention aux traits de Lilith... ou d'Ariel. Ses yeux horrifiés n'avaient vu que le couteau de boucher dégoulinant de sang planté dans son cœur. Et cette fille avait survécu. Elle avait arraché le couteau et s'était enfuie à toutes jambes...

Elle est comme le parchemin de mon grand-oncle, réalisa-t-elle. *Rien ne peut la détruire.*

Mais sa terreur se teinta d'une lueur d'espoir : si le Démon était invincible, l'Élue devait l'être aussi. Et l'Élue, la *nemesis* de Lilith, c'était elle, Sarah Levy. Peut-être possédait-elle les mêmes pouvoirs que le Démon et l'antique parchemin hébreu posé près d'elle dans les herbes folles...

— Impossible de la retrouver.

Sarah leva la tête et cligna des yeux, éblouie par le soleil. John Porter se laissa tomber auprès d'elle. Il renifla bruyamment et s'essuya le nez sur la manche de son blouson de cuir crasseux. Il avait les mâchoires crispées. Ses yeux verts pénétrants semblaient voilés, ailleurs...

— J'ai cherché partout, dit-il en repoussant les mèches qui lui pendaient dans les yeux.

— Qu'est-ce que tu espérais ? À l'heure qu'il est, Ariel est sans doute à des centaines de kilomètres.

— Je te parle pas d'Ariel. Je sais bien qu'elle s'est tirée : elle m'a à moitié assommé pour piquer notre bagnole. Non, je te parle de Julia. Elle sait même pas que je suis vivant. Je dois la retrouver.

Sarah ne sut que répondre. Dans le chaos et la confusion, elle avait oublié que John n'avait qu'une idée en tête : retrouver son amie.

— Je suis désolée, finit-elle par marmonner.

— Pas autant que moi, grommela John.

Ses yeux verts se posèrent sur le parchemin, à moitié caché dans les hautes herbes.

— Est-ce que tes prophéties racontent où est passée cette ordure d'Harold ? C'est lui le Faux Prophète, non ? Je sais que Julia est avec lui.

Sarah ne put s'empêcher de tiquer. Elle avait encore du mal à s'habituer aux manières brusques de John. Pour quelqu'un qui croyait sincèrement en elle, il ne se montrait guère... respectueux. Mais bon, il fallait le prendre tel qu'il était et, vu son passé, il avait sans doute des circonstances atténuantes. C'était la première fois qu'elle rencontrait quelqu'un comme lui, un jeune délinquant orphelin qui avait passé plus de temps dans la rue qu'à l'école, brinquebalé de foyers en maisons de correction. Pourtant, sous sa carapace, elle avait découvert un garçon sensible, prévenant et entièrement dévoué à la fille qu'il aimait. Une sorte de double personnalité.

— Je ne crois pas, finit-elle par répondre. Si tu veux, je peux encore jeter un coup d'œil...

Mais elle savait que ce serait peine perdue. Elle avait épluché le parchemin toute la nuit à la recherche du moindre indice pour vaincre le Démon. Elle n'avait rien trouvé de nouveau, à part une description aussi énigmatique que vague de l'Affrontement Ultime. Ça ne tenait pas debout. Le Démon n'était même plus à Babylon. Quant aux adorateurs du Faux Prophète, rien dans le texte ne permettait de savoir où ils se trouvaient.

— Et ton histoire de code secret ? insista John. Tu crois que tu vas réussir à le déchiffrer un jour ?

Sarah soutint son regard, puis baissa les yeux.

— Je n'en sais rien, admit-elle. Tout ce que je sais pour l'instant, c'est que ça a un rapport avec les petits passages incompréhensibles dont je t'ai parlé.

Elle releva la tête.

— Je ne sais plus du tout quoi penser. Je croyais que le Démon s'appelait Lilith, pas Ariel. Et es-tu sûr que c'est dans cette ville que nous étions censés nous rendre ?

— Sûr et certain, affirma John, l'air grave. J'ai été *attiré* jusqu'ici. Tu l'as vu de tes yeux, c'était plus fort que moi. Cette falaise en bas de la route... c'est celle que j'ai vue dans mes visions. Je le *sais*. Et pourquoi tous ces Visionnaires seraient-ils rassemblés au même endroit ? ajouta-t-il, désignant la foule débraillée qui les entourait. Il va se passer quelque chose ici, tu peux me croire.

Il soupira.

— C'est pour ça que Julia devrait être ici. J'arrive pas à piger pourquoi elle n'est pas là.

Sarah non plus ne comprenait pas. Quand elle parcourait des yeux les deux rangées de pavillons modestes qui flanquaient la rue bordée d'arbres, elle n'arrivait pas à se convaincre que cet endroit était le bon. Elle était presque déçue. Comment était-il possible qu'une confrontation apocalyptique ait lieu ici ? Elle avait imaginé un pic enneigé grandiose ou un désert brûlé par le soleil. Pas une bête rue de banlieue. Avec ces feux de camp en train de s'éteindre, l'atmosphère avait des relents de fête de quartier qui s'essouffle.

J'ai parcouru la moitié de la planète pour ça.

Sarah secoua la tête. Pourquoi le Démon l'attendrait-il dans l'État de Washington ? Le parchemin avait été écrit voici trois mille ans. En hébreu. En terre d'Israël. Elle l'avait découvert à Jérusalem. N'était-il pas plus logique que le Démon l'attende là-bas ? La Bible ne prédisait-elle pas que l'Apocalypse s'abattrait d'abord sur Jérusalem ? Son frère Josh aurait pu la renseigner, s'il avait encore été en vie.

— C'est vraiment bizarre, reprit-elle après un long silence. Si cet endroit est le bon, pourquoi le Démon s'est-il enfui ? L'attitude d'Ariel contredit le parchemin.

John haussa les épaules.

— Elle est peut-être déjà revenue. Ou si ça se trouve, tu dois faire quelque chose pour la *forcer* à revenir.

Sarah fronça les sourcils.

— Qu'est-ce que tu veux dire ?

— Regarde tous ces gens. Ils sont venus ici pour trouver l'Élue et, toi, tu restes plantée là sans rien dire. Qu'est-ce que tu attends pour leur annoncer que c'est toi ?

Sarah ne sut que répondre. Une fois de plus, elle était complètement désemparée. C'était toujours le même dilemme : comment *prouver* qu'elle était l'Élue ? Pourquoi était-ce si difficile ? Sa venue ne déclenchait ni la foudre ni un quelconque cataclysme. Non. Elle devait toujours s'en remettre à ses méninges ou à un coup de chance miraculeux. Elle paraissait incapable de prévoir ou de dominer les événements. Les Prophéties elles-mêmes ne lui servaient à rien. Elles ne prenaient sens qu'après coup.

— À ta place, j'irais balancer ce maudit parchemin au feu, bougonna John. Ou j'en ferais des confettis pour montrer aux Visionnaires qu'il est indestructible. Il te suffit de les convaincre. C'est pas compliqué. Moi non plus, j'y croyais pas au début. Va les voir et montre-leur tes pouvoirs. Prends les choses en main, bon sang !

Sarah remonta machinalement ses lunettes sur l'arête de son nez. John avait raison. Fini, la passivité. Le moment était venu d'agir.

— Ton parchemin, qu'est-ce qu'il raconte pour ce mois-ci ? demanda John.

— Ça n'a pas beaucoup de sens, répondit-elle en secouant la tête. Le Démon est censé me harceler et me bourrer la tête de mensonges. Il doit aussi dérober la « Clé des Temps futurs ». Ne me demande pas de quoi il s'agit !

— Peut-être de notre bagnole pourrie, ricana John.

Sarah s'arracha un rire las. Mais il avait raison. C'était vraiment bizarre qu'Ariel ait volé cette vieille Chevrolet. Elle venait de montrer le plus impressionnant des pouvoirs, celui de l'immortalité. Pourquoi ne s'était-elle pas volatilisée dans un nuage de fumée noire ? Pourquoi avait-elle dû recourir à un vol de voiture ? Une voiture déglinguée, qui plus est.

— Donc le Démon est *forcé* de revenir, continua John. S'il n'est pas là, je ne vois pas comment il peut te harceler.

Sarah hocha la tête.

— Tu as raison.

Elle se leva et s'étira, puis ramassa le parchemin. Si elle restait ici, le Démon finirait par la trouver. C'était écrit. Elle glissa les rouleaux sous son bras et embrassa du regard la foule massée dans la rue. Oui, il était temps de prendre la situation en main. Ces Visionnaires étaient terrifiés. Ils avaient besoin de savoir qu'elle était enfin là...

— À ton avis, comment dois-je m'y prendre ? demanda-t-elle.

Mais John ne répondit pas. Il alla se planter au milieu de la chaussée, les mains en porte-voix.

— John ! Qu'est ce que tu...?

— Eh, vous autres ! cria-t-il à la cantonade. Écoutez tous ! Venez voir par ici !

Venir voir quoi ? se demanda Sarah, agacée. *A quoi joue-t-il donc ?*

Quelques têtes se tournèrent.

— L'Élue est ici ! annonça John, un bras tendu vers Sarah. Elle va vous révéler toute la vérité sur le Démon !

Oh, non ! Comment pouvait-il faire une bêtise pareille ? Elle devait d'abord réfléchir, tenter de mettre un plan d'action sur pied...

— Elle possède un parchemin magique rempli de prophéties qui parlent de nos visions ! Elle va vous expliquer leur signification !

Leur signification ? Sarah sentit ses joues s'empourprer. Cette intervention n'était pas très futée de la part de John. Elle était même complètement stupide. Comment pouvait-elle leur expliquer la signification des prophéties si elle l'ignorait elle-même ?

Le silence s'abattit sur la rue. John se tourna vers elle.

— Vas-y.

Le pouls de Sarah s'accéléra. Son regard passait d'un visage à l'autre. Il devait y avoir au moins deux cents paires d'yeux rivés sur elle. Et personne ne paraissait la prendre au sérieux. Loin de là. Une fille aux longs cheveux noirs ricanait dans son coin. Une bande de garçons dépenaillés secouaient la tête d'un air goguenard...

— Vas-y, parle, la pressa John.

Elle respira un bon coup.

— Je pense que le moment...

— C'est toi l'Élue ? la coupa quelqu'un.

Sarah hocha la tête.

— Oui.

Il y eut quelques murmures étouffés. Les types dépenaillés se poussèrent du coude avec un sourire méprisant.

— N'importe quoi ! cria quelqu'un d'autre.

Sarah avait la gorge nouée. Personne ne la croyait. Génial. Elle avait l'air d'une imbécile. Comme d'habitude. Partout où elle allait, on lui riait au nez. Personne ne la prenait au sérieux. Pourquoi ? Était-il si difficile de croire qu'elle était l'Élue ? Était-elle si pitoyable ? Elle n'en avait pourtant pas l'impression. Mais ils allaient voir de quoi elle était capable. Sa peur s'était évanouie.

— Regardez-moi ! cria-t-elle avec autorité.

Les murmures cessèrent. Sarah s'approcha à pas lents du feu le plus proche. Il était en train de s'éteindre, mais les flammes qui dansaient encore sur un monticule de braises rougeoyantes dégageaient une chaleur intense. Sans une hésitation, elle prit le parchemin par une des poignées et le lança dans le feu. Le papier se déroula et atterrit au milieu des flammes.

Sarah retint son souffle. *Regardez ça, bande d'imbéciles !*

Le parchemin demeura intact. Les bords ne roussirent même pas. Il formait comme un tapis posé sur le brasier.

Il y eut quelques cris étouffés dans l'assistance. Certains reculèrent.

Sarah n'en resta pas là. Elle leva un pied au-dessus des flammes et monta sur le parchemin. Sous son poids, les braises se tassèrent. Elle faillit perdre l'équilibre. Elle avait l'impression d'être sur une corde raide. *Concentre-toi, Sarah...* Son front ruisselait de sueur. Elle serra les dents et, avec une infinie précaution, posa le deuxième pied, les yeux rivés sur le papier jauni. Les flammes léchaient les bords du parchemin, mais, au milieu, elle était en sécurité. La plante de ses pieds n'était même pas chaude. Un sourire mal assuré se peignit sur son visage. Elle était en train de gagner son pari...

— Seigneur, c'est donc vrai... murmura quelqu'un auprès d'elle.

De son piédestal improvisé, Sarah parcourut la foule du regard, triomphante. *C'est ce qu'a dû ressentir Moïse, quand la mer Rouge s'est ouverte devant lui,* se dit-elle. Les types dépenaillés avaient perdu leur morgue. Livides, ils la contemplaient avec une stupéfaction mêlée de respect.

— Je suis l'Élue ! cria-t-elle. Je vais vous aider à vaincre le Démon ! Mais vous devez croire en moi !

Silence total.

— Le parchemin sous mes pieds renferme les prophéties qui...

— Attends !

Sarah fronça les sourcils. *Quoi encore ?*

Une fille au visage blême et aux longs cheveux noir corbeau se fraya un passage dans la foule.

— Je peux t'aider ! s'écria-t-elle, le souffle court.

— Comment ça ? demanda Sarah.

— Parce que je sais tout sur le Démon, répondit la fille avec un sourire empressé. Il va revenir ici. Crois-moi. Et je peux t'aider à te préparer.

Une seconde... Sarah connaissait cette fille. C'était celle qui avait poignardé Ariel.

— Comment sais-tu qu'il va revenir ?

— Fais-moi confiance, assura-t-elle, rayonnante. Je suis sa meilleure amie.

— Pardon ?

La fille s'esclaffa.

— En fait, je devrais plutôt dire son ex-meilleure amie. Quand il était encore Ariel Collins et moi, Jezebel Howe. Viens, je vais tout t'expliquer. Suis-moi.

Quand j'étais encore Jezebel Howe ? Qu'est-ce qu'elle voulait dire par là ?

— Où... va-t-on ? s'enquit Sarah, hésitante.

— Voir quelqu'un qui connaît Ariel encore mieux que moi. Le frère du Démon en personne.

CHAPITRE DEUX

Septembre

Institut de Technologie de Washington,
Babylon, Washington.
10 heures.

TREVOR Collins eut l'impression de pénétrer dans un tombeau. La salle de contrôle caverneuse était depuis longtemps retombée dans le silence et les ténèbres. Le réseau de vidéosurveillance n'avait pas résisté à une série de catastrophes et de mois de négligence. La douzaine de fauteuils étaient vides. Ses amis les plus proches l'avaient abandonné ou s'étaient désintégrés. Il n'y avait plus personne pour réparer les dégâts. Plus personne pour le seconder.

Quelle importance, de toute façon ? Tous ses cobayes s'étaient échappés. Les caméras n'auraient surveillé que des cellules vides.

Trevor soupira et foula à pas feutrés la moquette élimée. Les quatre-vingts écrans éteints semblaient le fixer comme des orbites creuses. Il avait investi tant d'énergie dans cette salle de contrôle… Et il avait agi pour une bonne cause, quoi qu'en disent tous les autres.

Une nausée familière lui tordit l'estomac. Il ne pouvait pas être *mauvais*, n'est-ce pas ? Bien sûr que non. Il avait rétabli l'électricité dans ce campus ; il avait offert le gîte et le couvert à des dizaines de paumés ; il s'était consacré à la recherche d'un remède à l'épidémie. Mais personne ne l'avait jamais compris. Ce n'était pas par sadisme qu'il avait enfermé ces Visionnaires. C'était pour le bien de l'humanité. La survie de l'espèce humaine valait bien le sacrifice de quelques allumés.

Mais ce n'étaient pas des allumés.

Bon d'accord, il avait commis une erreur. Sa gorge se serra. Comment aurait-il pu savoir que ces hystériques ne souffraient pas d'hallucinations collectives ? Que l'Élue et le Démon *existaient* ? Il était ingénieur, pas devin. Il avait besoin de données empiriques pour étayer ses hypothèses. Ce n'était pas sa faute si...

Ariel.

Trevor prit une profonde inspiration et regarda son reflet déformé sur un des écrans.

Jamais il n'avait autant détesté son propre visage. Il ressemblait comme deux gouttes d'eau à sa sœur, le Démon. Les mêmes cheveux longs châtain clair, les mêmes yeux noisette, les mêmes traits fins. On les prenait d'ailleurs souvent pour des jumeaux. Cela signifiait-il qu'il était mauvais, lui aussi ? Était-il contaminé par cette... force qui donnait à Ariel ses pouvoirs terrifiants ? Il plaqua une main sur son estomac. Il était maudit, condamné...

— Trevor ?

Mes bourreaux sont déjà là... Il fit volte-face, s'attendant à découvrir une horde menaçante armée de couteaux. Mais seule une silhouette se dessinait en ombre chinoise dans l'embrasure de la porte : un type grand et maigre avec une longue tignasse brune broussailleuse.

— Caleb ? murmura Trevor, ébahi.

L'autre hocha la tête.

— Qu'est-ce... qu'est-ce que tu fiches ici ?

Caleb s'avança.

— Je sais plus où aller.

— Je... je ne comprends pas, bafouilla Trevor.

D'instinct, son regard se tourna vers le mur du fond. Sa cache d'armes. Mais les fusils avaient disparu. Comment allait-il s'en sortir ? Il ne faisait aucun doute que l'ancien copain d'Ariel était venu pour le tuer. Caleb le détestait à mort. Tel qu'il le connaissait, il allait lui reprocher le fait que sa sœur était le Démon.

— Qu'est-ce que tu attends de moi ? demanda-t-il d'un ton mal assuré.

— Rien. Je veux juste t'aider.

Trevor le dévisagea un instant sans comprendre.

— Quoi ?

— Écoute, je sais que ça paraît bizarre. Mais beaucoup de trucs dingues se sont produits ces derniers jours.

Trevor hocha la tête.

— Je sais, murmura-t-il d'une voix tremblante.

Caleb se balançait sur ses pieds, comme s'il cherchait quoi dire.

— Enfin bref... j'ai réfléchi, dit-il d'un ton brusque en évitant le regard de Trevor. Tu ne t'en rends sans doute pas compte, mais toi et moi, on a pas mal de points communs.

Malgré sa peur, Trevor faillit éclater de rire. Comment pouvait-il avoir *quoi que ce soit* en commun avec l'épave ambulante qu'était Caleb Walker ?

— Je suis sérieux, insista Caleb. Réfléchis une seconde. Tous les deux, on est plutôt seuls, non ? Enfin moi, j'ai plus un seul ami. Et toi ?

Trevor ne répondit pas. Il se dit que son silence était assez éloquent.

— Et on est tous les deux sortis avec Jezebel, continua Caleb. On sait à quel point elle est déjantée.

Il respira un bon coup.

— Et puis il y a Ariel.

— Comment ça, Ariel ? lança Trevor. J'ai rien à voir avec elle.

Caleb le regarda en secouant la tête.

— C'est faux et tu le sais.

— Qu'est-ce que tu veux dire, hein ? Je suis son frère. J'y peux rien. *Toi*, tu es sorti avec elle...

— Ferme-la, le coupa Caleb d'un ton sec. Je t'accuse pas. Je suis venu ici pour essayer d'arranger des trucs.

Trevor leva les yeux au ciel et s'assit lourdement dans un fauteuil poussiéreux.

— Arranger quoi ? marmonna-t-il, déjà un peu plus détendu.

— Je viens de te le dire. Je crois qu'on peut s'aider, toi et moi.

— Ah oui ? Et comment ?

Caleb soupira. D'un pas traînant, il vint s'affaler dans un fauteuil près de Trevor. Malgré la pénombre, celui-ci remarqua qu'il était encore plus hagard que d'habitude. Des cernes sombres lui creusaient les yeux. Il donnait l'impression de ne pas avoir dormi depuis des jours.

— Tu savais que l'Élue est ici ?

Les lèvres de Trevor s'agitèrent d'un tic nerveux. Il garda le silence.

— Tu le savais ? insista Caleb.

— Tu mens, répondit Trevor dans un souffle.

Sa nausée revint avec force.

— J'aimerais bien, murmura Caleb. Mais je viens de la voir faire des miracles juste devant chez toi. Elle a marché dans un feu et est restée au milieu des flammes sans se brûler. Elle a des pouvoirs, comme Ariel !

— Au milieu... des flammes ? répéta Trevor.

— Comme je te le dis. C'était dingue à voir. Je me suis tout de suite précipité ici...

Mais Trevor n'écoutait plus. Si Caleb disait la vérité, il était perdu. Les Visionnaires allaient raconter à l'Élue que Trevor Collins les avait torturés, qu'il était le frère du Démon. Et si elle possédait des pouvoirs...

— J'ai l'impression que toi et moi, on est dans un sacré pétrin, dit Caleb.

Trevor ouvrit la bouche, mais aucun son n'en sortit. Il tremblait trop.

— À mon avis, on a une seule chance de sauver notre peau, poursuivit Caleb. On doit montrer à l'Élue qu'on a changé et qu'on regrette le mal qu'on a fait.

— Ah oui ? Et tu comptes t'y prendre comment ? s'exclama Trevor.

Caleb haussa les épaules.

— Tu essayais de trouver un remède à l'épidémie, c'est ça ? Peut-être que...

— J'essayais de trouver un traitement en utilisant les adeptes de l'Élue comme cobayes ! le coupa Trevor. Comment tu t'imagines qu'elle va prendre ça, hein ? En plus, je n'ai pas obtenu le moindre résultat ! Je ne suis pas plus avancé que...

— Eh, calme-toi ! Tu pouvais pas savoir. Tu croyais qu'ils étaient tous barjos. Moi aussi. Et beaucoup d'autres.

Caleb a raison, songea Trevor, au désespoir. Je ne pouvais pas savoir. Je croyais que les visions étaient un symptôme de l'épidémie. J'essayais juste de comprendre.

Caleb désigna d'un geste les consoles électroniques.

— C'est quoi, ici ? Une radio ? Et si on essayait d'établir des contacts ? On tomberait peut-être sur quelqu'un qui cherche lui aussi un traitement à l'épidémie. Si on montre à l'Élue qu'on essaie de bien faire, elle nous pardonnera peut-être.

Trevor demeura silencieux. *Établir des contacts ?*

Ce n'était pas une si mauvaise idée. Il possédait l'équipement nécessaire. Avant, ce bâtiment était consacré à l'étude des télécommunications. Il y avait une CB et une radio d'amateur dans un des labos à l'étage. S'il parvenait à rétablir l'alimentation électrique...

Bizarre, il ne lui était jamais venu à l'idée que d'autres puissent mener le même genre d'expérimentations que lui. Mais pourquoi pas ? Il y avait des milliers d'autres écoles d'ingénieurs ou d'universités scientifiques à travers le monde. Il y avait donc de bonnes chances que d'autres étudiants intelligents planchent sur un remède. De très bonnes chances, même. Jusqu'à présent, son égocentrisme l'avait aveuglé. Mais il avait tiré les leçons de ses erreurs. Il avait appris l'humilité. Et il allait le prouver à l'Élue.

Trevor reprit espoir. Caleb n'était peut-être pas aussi stupide qu'il le paraissait. C'était une loque au cerveau ramolli par la drogue, aucun doute là-dessus, mais son plan avait des chances de marcher. Et il avait sans doute raison au sujet de l'Élue. Elle se montrerait clémente. Les messies n'étaient-ils pas *forcément* cléments ?

De toute façon, il était trop tard pour fuir. Il devrait affronter l'Élue tôt ou tard. Et puis, il n'avait rien à cacher. Il avait beau être le frère du démon, il n'avait rien en commun avec Ariel. Et si l'Élue possédait des pouvoirs surnaturels, ne serait-elle pas capable de le juger à sa juste valeur ?

— Alors ? Qu'est-ce que t'en penses ? demanda Caleb.

Trevor se cala dans son fauteuil.

— On tente le coup.

CHAPITRE TROIS

Septembre

Mont Antero, Colorado.
11 h 30.

JULIA sentit son bébé bouger. Un sourire fugace passa sur ses lèvres. Oui. Il lui donnait des coups de pied. Elle s'arrêta sur la route escarpée et posa ses mains sur son ventre arrondi. Même à travers le tissu de sa robe blanche, elle les sentait. Mieux encore, elle *voyait* de petites bosses qui se formaient et disparaissaient tout aussi vite. *Un être humain grandit en moi*, songea-t-elle, émerveillée. Le miracle de la vie. Dans ces moments-là, elle parvenait presque à oublier...

— Julia ? Ça va ?

Luke. Son bonheur s'évanouit aussitôt, comme balayé par le vent piquant des sommets. Non, jamais elle ne pourrait oublier qu'elle se retrouvait seule avec Luke. Jamais elle n'oublierait cette terrible injustice : il était avec elle et John était mort. Le père de son enfant, le garçon qu'elle aimait, n'était plus qu'un tas de boue noirâtre au fond de la cave de Harold. Et Luke l'avait sauvée du bûcher. Elle devait la vie à ce monstre qui avait fait de son existence un véritable enfer !

— Ça va ? insista-t-il.

Julia leva les yeux et réprima une grimace à la vue des cloques noires écœurantes qui défiguraient Luke. Tant mieux s'il était devenu hideux. Tant mieux s'il avait attrapé la maladie, s'il avait souffert. Si seulement Harold l'avait laissé mourir... Mais elle comprenait pourquoi il l'avait sauvé. Harold avait besoin de lui. Ils étaient de la même veine, des êtres pervers et cruels. Des alliés tout trouvés pour le Démon.

— Qu'est-ce que tu as ? s'inquiéta Luke. C'est le bébé ?

Non, c'est toi, aurait voulu répondre Julia. Mais elle se contenta de soupirer.

— C'est juste la fatigue. A force de grimper, j'attrape mal au dos. On ne pourrait pas se reposer un peu ?

— Si, bien sûr.

Luke parcourut la route déserte du regard. De chaque côté, elle était bordée d'une muraille impénétrable de pins courtauds et touffus.

— À part la route, je ne vois pas... euh... tiens, assois-toi là-dessus.

Il enleva son sac à dos de ses épaules et le déposa aux pieds de Julia.

— Il est souple. Ça te calera le dos.

Julia leva les yeux au ciel. Elle en avait par-dessus la tête de son numéro de chevalier servant. Qu'essayait-il donc de lui prouver ? Elle n'y croyait pas une seule seconde. Au moins, le vrai Luke avait du caractère, du mordant. Pourquoi ne renonçait-il pas à cette mascarade ridicule ? Et pourtant... elle était éreintée. A force de marcher, elle avait des élancements jusque dans les os. Elle respira à fond et s'assit en douceur sur ce coussin improvisé.

Au bien-être qui se propageait dans son corps endolori se mêla la honte. Se reposer sur le sac à dos de Luke était un signe de faiblesse, la preuve qu'en dépit de sa rancœur elle avait *besoin* de lui. Mais que faire ? Elle était incapable de s'en sortir seule en pleine montagne et il était hors de question de renoncer. Elle devait suivre ses visions. Elle n'avait pas le choix.

Et si elle devait s'en remettre à Luke pour atteindre son but, eh bien soit. Sa quête de la vérité méritait tous les sacrifices, même celui de son amour-propre. C'était le prix à payer pour son enfant. Pour l'avenir.

— À mon avis, on ne doit plus être très loin du col, annonça Luke. Les arbres sont vraiment bas ici. Ça signifie qu'on est très haut. Une fois le col franchi, ça va descendre un moment.

Julia haussa les épaules.

Luke se tourna vers elle, la gorge serrée.

— Tu sais, Julia...

— Ne commence pas, bougonna-t-elle. Je ne suis pas d'humeur.

Il cligna des yeux avec étonnement.

— Ne commence pas quoi ? murmura-t-il.

— À me débiter un discours débile, comme quoi tu regrettes d'avoir été un salaud et que tu n'as jamais cessé de m'aimer... Je ne veux pas entendre un seul mot de tes mensonges.

— Comment peux-tu dire une chose pareille ?

— Parce que tu es un menteur, Luke ! explosa-t-elle, le regard noir. Comment veux-tu que je croie un mot de ce que tu racontes ! Depuis le jour où je t'ai rencontré, tu as toujours été une ordure !

Il baissa la tête.

— Mais... je... je veille sur toi depuis une semaine, bafouilla-t-il. Le Guérisseur allait te tuer. Je t'ai sauvée. Ça ne signifie rien pour toi ?

— Non, lâcha-t-elle d'un ton catégorique. En ce qui me concerne, tout ce que ça prouve, c'est que tu voulais m'avoir à nouveau pour toi tout seul, histoire de recommencer tes sales petits jeux.

— Julia, je t'en supplie, geignit-il en faisant un pas vers elle. Ce n'est pas ce que...

— Ne t'approche pas !

Il se laissa tomber à genoux.

Julia n'en croyait pas ses yeux. Cette fois, c'était le bouquet. Il joignit les mains, les yeux larmoyants.

— Je veux juste veiller sur toi, dit-il d'une voix étranglée. Tu aurais le cœur de me refuser ça ? Je ne sais pas combien de temps il me reste à vivre. J'ai abandonné le Guérisseur. La maladie peut me frapper à tout moment. Je veux m'assurer que toi et ton bébé soyez en sécurité...

— Pourquoi veux-tu veiller sur mon bébé ? s'emporta Julia Tu n'es même pas le père. Ça ne te rend pas fou de rage ? J'aimais John, Luke. Toi, je ne t'ai jamais aimé. Jamais.

Il secoua la tête.

— Je ne te crois pas, murmura-t-il. Mais c'est sans importance. Je te pardonne, voilà ce qui est important. Je veux juste réparer... après tous ces moments terribles que nous avons traversés.

Julia n'en croyait pas ses oreilles. Il lui *pardonnait* ? Quelle générosité ! Quelle grandeur d'âme !

— Après tous les moments terribles que je te dois, corrigea-t-elle d'un ton glacial.

Luke garda le silence, accablé.

— Et puis d'abord, pourquoi m'as-tu sauvée ? Je pensais que tu croyais en Harold.

— Je crois encore en lui.

Julia ricana.

— Donc tu crois que mon bébé est maléfique ? « Contaminé par l'hérétique », selon les propres termes de Linda ? Arrête de délirer, Luke, dit-elle en durcissant le ton. Ce que tu racontes n'a aucun sens.

— Je... je...

— Écoute, oublions tout ça, d'accord ? Si tu veux m'accompagner, libre à toi. À vrai dire, j'aurai sans doute besoin de ton aide pour parvenir là où je dois aller. Mais ne va pas t'imaginer que nous allons avoir je ne sais quel genre de relation. Tout est fini entre nous, Luke. Fini pour toujours et tu ne pourras rien y changer. C'est clair ? Je me fais bien comprendre ?

Il la dévisagea sans un mot. Pathétique, songea-t-elle devant sa mine de chien battu. Qu'est-ce qu'il cherchait ? De la compassion ? Si seulement il...

Oh non !...

La tête de Julia se mit à tourner. Elle agrippa les côtés du sac à dos, prise de violents vertiges. Le sol se déroba sous elle. Tout d'un coup, elle avait l'impression d'être sur les montagnes russes, en pleine descente. Son cœur galopait dans sa poitrine. Elle suffoquait. Était-ce une vision ? Ou bien un malaise ? Tout allait si vite... Elle voulut appeler Luke, mais aucun son ne sortit de sa gorge.

Aide-moi...

Le corps de Luke dansait devant ses yeux comme dans un kaléidoscope. Elle le voyait en sept exemplaires, tourbillonnant à une vitesse démentielle, comme de l'eau qui s'écoule dans un siphon...

Encore cette pièce plongée dans les ténèbres.

L'Élue se tient devant le feu. Je ne vois toujours pas son visage. Mais je suis plus près d'elle. Jamais je n'ai été aussi près. Si je tends la main, je peux la toucher...

— Regarde le sablier, me dit-elle.

Il se dresse dans l'ombre à ses côtés. Il est immense et terrifiant. Le sable noir est presque complètement écoulé. Je lui demande :

— Comment est-ce que je peux l'arrêter ? Dis-le-moi !

— Ne va pas sur la montagne, me prévient-elle.

— Quelle montagne ?

Elle lève le bras et désigne les ténèbres au-dessus des flammes.

Un pic enneigé apparaît. Des prairies et des bois tapissent ses flancs et le sommet se perd dans les nuages. C'est un paysage d'une beauté pure, envoûtante... magique.

— Pourquoi ?

— Parce que le Démon veut que tu t'y rendes.

Je suis terrorisée. Je veux poser d'autres questions, mais les flammes gagnent en intensité. La chaleur est insupportable. Il n'y a presque plus de sable...

— Le temps presse. Souviens-toi de la montagne, m'adjure-t-elle. Ne t'en approche pas.

CHAPITRE QUATRE
Septembre

Autoroute 90,
environs de Spokane, Washington.
14 h 45.

RAS LE BOL, se dit Ariel, de plus en plus énervée. L'autoroute était comme une course d'obstacles. Impossible de prendre de la vitesse. Tous les trois cents mètres, une nouvelle carcasse rouillée lui bloquait le passage. Elle avait dû dépasser des milliers de voitures abandonnées depuis qu'elle avait quitté Babylon. À chaque fois qu'elle accélérait, elle était obligée de faire une embardée pour éviter la collision. Il n'y avait donc personne pour dégager ces routes ? Elle n'était quand même pas la seule sur cette planète au volant d'une voiture en état de marche, non ?

Après tout... peut-être bien que si.

Mais ce n'était pas son seul problème. Le pire, en fait, c'était la voiture. Elle n'avait pas volé la Voiture de l'Année, loin de là. La vieille Chevrolet bleue était dégoûtante, couverte de boue à l'extérieur comme à l'intérieur. Et ça puait le fauve là-dedans. Elle avait ouvert les vitres en grand, le vent lui fouettait le visage, mais la puanteur était tenace. Le propriétaire de cette bagnole avait dû oublier de se doucher depuis au moins dix ans.

Et *elle*, quand s'était-elle douchée pour la dernière fois ?

Mieux valait ne pas y penser. Trop déprimant. Elle regarda ses mains sur le volant et fronça les sourcils devant ses ongles en deuil. Elle passa ses doigts dans ses cheveux et fit la grimace. Elle avait l'impression d'avoir une vieille serpillière crottée sur le sommet du crâne. Elle se comparait de plus en plus à un personnage de dessin animé qui apparaît dans la même tenue à chaque épisode. Comme Bart dans les Simpsons, avec sa sempiternelle chemise rouge, ou bien Homer...

Nom de Dieu !

Un dix-huit tonnes surgit de nulle part juste devant elle. En travers sur trois des quatre voies, il fonçait droit sur sa voiture. *Non !* Elle donna un brusque coup de volant qui la projeta contre la portière avec violence. Dans un crissement de pneus, la voiture partit en tête à queue et dérapa sur la chaussée, évitant de justesse le pare-chocs arrière du camion.

Ariel cligna des yeux, les mains crispées sur le volant. *La vache...* Son cœur battait à deux cents à l'heure. Pour un peu, elle y restait...

Une seconde...

Non. Elle n'aurait pas *pu* y rester.

Ariel se renfrogna avec amertume. C'était justement pour ça qu'elle fuyait sur cette stupide autoroute. Elle soupira. Pourquoi avait-elle pris la peine d'éviter ce camion ? Elle aurait dû foncer droit dessus, le pied à fond sur le champignon.

Elle s'en serait sortie indemne. Sans une égratignure. Au pire, elle aurait fait un vol plané sur le capot du camion... et se serait relevée en époussetant ses vêtements comme si de rien n'était.

La vie était devenue un jeu vidéo. Elle pouffa de rire. L'univers s'était métamorphosé en gigantesque Play Station. Si elle mourait, elle avait droit à une autre vie. *Game over ?* Pas de problème. Un petit coup sur *Reset* et hop, une nouvelle partie commençait. A elle, les records ! Elle jeta un coup d'œil dans le rétroviseur. Le camion avait déjà disparu. La prochaine fois, elle ne manquerait pas son coup. Droit dessus sans hésiter. Une boule se forma dans sa gorge. La prochaine fois, elle pousserait le moteur à cent cinquante et boum...

Regarde-toi, se dit-elle, effondrée. *Tu es un monstre.*

Comment une chose pareille avait-elle pu lui arriver ? Comment était-elle devenue le Démon ? Un démon terrifiant ! Et quand ? Pourquoi ne se sentait-elle pas *différente* ? Il aurait dû y avoir des signes, non ? Des cornes ou une queue pointue qui lui auraient poussé sans crier gare. Ou bien un désir subit de trucider tout le monde sur cette maudite planète... Mais non, elle ne souhaitait de mal à personne. Elle ne voulait pas qu'on se désintègre en l'approchant. C'était pourtant ce qui se produisait. C'était indépendant de sa volonté. Elle ne pouvait être l'incarnation du mal. Elle l'aurait senti, non ?

À quoi bon se mentir à soi-même. Oui, elle avait *senti* un changement. Ariel avait beau s'efforcer de l'ignorer, cette sensation bizarre était tapie au fond d'elle-même... La prémonition d'une catastrophe imminente.

Elle l'avait avouée une seule fois, dans son journal au mois de juillet. Mais depuis, elle s'était efforcée de la refouler. C'était trop effroyable. Et elle ne parvenait pas à l'identifier. C'était comme essayer de saisir un nuage de fumée ou de créer une sculpture avec de l'eau. Tout bonnement impossible.

Tout a commencé quand cette fille m'a donné le collier.

Oui, c'était la seule explication. D'une façon ou d'une autre, c'était à cause de ce maudit collier qu'elle était devenue le Démon. Elle lui jeta un regard noir. Pourquoi ne s'en était-elle pas débarrassée ? Pourquoi y était-elle si attachée ? C'était juste un bête morceau de métal terne, à mi-chemin entre une vague forme de livre sterling et un jeu de morpion. Il pendait à son cou au bout d'une longue chaîne. Mais impossible de se résoudre à s'en défaire, même si tous les Fondus de l'Élue lui répétaient qu'il était maléfique, qu'il appartenait au Démon...

S'il appartient au Démon, il m'appartient, non ?

Ariel eut brusquement envie de percuter de plein fouet le terre-plein central en béton. Mais elle ne serait pas assez stupide pour passer à l'acte. Non. Elle avait une *mission* : mettre la plus grande distance possible entre elle et les Fondus de l'Élue. S'ils convergeaient tous vers Babylon, il lui suffisait de rouler toujours vers l'est... loin, très loin jusqu'à l'océan Atlantique. Là-bas, elle serait inoffensive. Fini, les désintégrations. Plus personne ne perdrait son temps à essayer de la tuer. Adieu, côte Ouest, bonj...

Un coup de klaxon la fit sursauter.

Elle regarda en vitesse dans le rétroviseur. Il y avait une voiture juste derrière elle. Une Honda rouge qui lui rappelait vaguement quelque chose.

Mais oui, bien sûr... Elle connaissait cette voiture. Elle appartenait à un des copains de Trevor. Une seule explication : quelqu'un de Babylon l'avait suivie...

Nouveau coup de klaxon.

Ainsi elle était prise en chasse. Génial. Pourquoi ne la laissait-on pas tranquille ?

Ariel écrasa l'accélérateur et la Chevrolet fit un bond en avant qui la plaqua contre son siège. Elle se faufila entre deux épaves. L'aiguille du compteur de vitesse grimpa à cent. L'autoroute n'était pas plus dégagée qu'avant, mais en conduisant avec une grande concentration à une vitesse constante, elle parviendrait peut-être à semer son poursuivant dans le dédale des carcasses de voitures.

Elle jeta un nouveau coup d'œil au rétroviseur. La Honda avait gagné du terrain. Elle collait presque son pare-chocs. Il semblait n'y avoir qu'une seule personne à bord... Une fille échevelée. Mais impossible de distinguer son visage. Qu'est-ce qu'elle lui voulait à la fin ? Elle ne donnait pas l'impression de...

— Aïe !

Le front d'Ariel percuta le plafond. Son siège bondit violemment. Une main invisible lui écrasait les poumons. Ses doigts glissèrent du volant. Elle ne voyait plus que le ciel bleu.

La voiture volait dans les airs.

J'ai dû rentrer dans un truc...

Le temps s'arrêta net. Elle était consciente d'une apesanteur vertigineuse.

Puis, très graduellement sembla-t-il, la voiture vira sur la gauche... en s'inclinant, tandis que sa trajectoire la rapprochait de plus en plus du bitume scintillant. Elle fit un dernier tonneau dans le vide, puis ce fut le choc. Ariel s'écrasa contre la portière avec un hurlement de douleur. Un vacarme déchirant lui vrilla les tympans. Elle ne pouvait pas bouger. Il y eut une nouvelle secousse terrible et elle se retrouva étendue sur le plafond de l'habitacle. La voiture s'était retournée sur le toit. Elle ferma les yeux de toutes ses forces. *Stop, par pitié, stop...*

Le silence.

Ariel battit des paupières et ouvrit les yeux. La voiture semblait s'être immobilisée. Ou avait-elle été éjectée ? Impossible à dire. Elle tenta de se retourner, mais son bras gauche était complètement engourdi. Une odeur lourde, suffocante assaillit ses narines. *De l'essence*. Avec un grognement, elle se força à lever la tête. Elle ne vit rien à part une épaisse fumée noire qui lui irrita aussitôt les yeux.

Elle toussa et se mit à suffoquer. Elle essaya en vain de chasser la fumée. Où est la portière ? se demanda-t-elle, complètement désorientée.

C'était peut-être mieux ainsi. Prisonnière d'une voiture sur le point d'exploser, elle n'avait aucune chance de survivre. Une fois réduite en cendres, elle ne ferait plus de mal à personne.

Ariel se détendit. Son esprit baignait dans une agréable brume rougeâtre. Plus d'oxygène, plus de douleur. Elle eut un sourire ensommeillé, vaguement consciente d'un picotement qui montait le long de ses jambes. Un picotement étrangement liquide. De l'essence qui coulait sur son pantalon ? Ah bon...

— Ariel ! Ariel !

Fiche le camp, songea-t-elle.

Un grincement métallique l'arracha à sa somnolence. La fumée s'échappa de l'habitacle avec un bruit de bourrasque, comme si elle était aspirée par un aspirateur géant. Ariel cligna des yeux. La portière se trouvait juste devant elle, grande ouverte, mais... à l'envers. Son visage touchait presque la chaussée. Soudain, il *fut* sur la chaussée. Sa joue s'égratigna sur le bitume rugueux. Eh ! Voilà que cette fille la tirait de la voiture ! Qu'est-ce qui lui prenait ? La voiture allait exploser d'une seconde à l'autre. Elle voulait mourir, elle aussi ?

— Viens, dépêche-toi !

Ariel écarquilla les yeux. Leslie ?

— Mon Dieu, Ariel ! Ton jean est en feu !

En feu ?

Avant qu'elle ait eu le temps de dire ouf, Leslie l'agrippa par la taille et l'entraîna tant bien que mal de l'autre côté de l'autoroute dans un champ en contrebas. Ariel baissa les yeux. Son jean était la proie des flammes. Elle pouffa de rire. Toute cette fumée lui donnait des hallucinations. Quel trip d'enfer ! Elle sautilla d'un pied sur l'autre. Elle était encore en état de courir. Génial, vraiment... Alors qu'elle commençait franchement à s'amuser, une ombre la saisit soudain à bras-le-corps, la plaqua au sol et la força à se rouler dans les ronces. Aussitôt, le picotement bouillonnant qui lui dévorait les jambes se dissipa.

— Eh !

Elle se débattit avec vigueur et se redressa. Assise à ses côtés, Leslie reprenait son souffle. Avec son visage noir de suie et ses cheveux ébouriffés, elle était dans un drôle d'état. Sa poitrine se soulevait au rythme de sa respiration haletante.

— Ça va pas ? Qu'est-ce qui te prend ? bougonna Ariel.

— Enlève ton jean, lui ordonna Leslie.

Ariel cligna des yeux, interloquée.

— Quoi ?

Elle regarda à nouveau ses jambes. Non, ce n'était pas une hallucination. Son jean était en lambeaux et le tissu noirci continuait à dégager une fumée âcre. Retenant son souffle, elle retroussa le bas de son pantalon.

— Mon Dieu...

Sous le tissu encore brûlant, son mollet était intact. La peau était lisse et blanche. Pas une cloque, pas même une rougeur. L'estomac d'Ariel se serra.

— Regarde ma jambe ! Elle n'a rien ! Rien du tout...

— Ça va aller, tenta de la calmer Leslie en entourant ses épaules d'un bras réconfortant. Ne t'inquiète pas. Il y a sûrement une explication.

Une larme roula sur la joue d'Ariel. Elle secoua la tête.

— Qu'est-ce que tu veux de plus comme explication ? Tu es aveugle ou quoi ? Rien ne peut m'atteindre. Je suis le Démon.

— Arrête ! C'est faux. Tu n'es *pas* le Démon, compris ?

Ariel se dégagea.

— Alors qu'est-ce qui m'arrive ?

— Je n'en sais rien, murmura Leslie. Mais ce n'est pas ta faute.

Soudain, Ariel éclata en sanglots.

— Fiche le camp ! cria-t-elle, le visage entre les mains. Laisse-moi tranquille !

— Non, je ne te laisserai pas tranquille, répondit Leslie d'une voix calme et déterminée. Tant que je n'aurai pas tiré tout ça au clair, je ne te quitterai pas des yeux. Voilà pourquoi je me suis lancée à tes trousses. Je ne fais pas ça juste pour toi, d'accord ? Je le fais aussi pour moi. Pour tout le monde.

Ariel renifla et releva la tête.

— Qu'est-ce que tu racontes ?

— Tu ne comprends pas ? C'est une machination contre toi, Ariel ! Le Démon t'a jeté un sort ou quelque chose du genre, je n'en sais rien. Tout ce que je sais, c'est que tu n'es pas le Démon. Mais il veut que tout le monde le croie.

— Comment peux-tu en être aussi sûre ?

— Parce que je te connais.

Comment était-ce possible ? Elle ne se connaissait pas elle-même. Ariel se retourna en direction de l'autoroute. La Chevrolet bleue était la proie des flammes. Mais la Honda était intacte. Il semblait que le souhait de Leslie allait se réaliser, après tout. Elles étaient forcées de rester ensemble.

— Comment peux-tu en être aussi sûre ? répéta-t-elle dans un murmure.

— Disons que j'ai ma petite idée sur la véritable identité du Démon, répondit Leslie. Et son nom n'est pas Ariel Collins. C'est Jezebel Howes.

DEUXIÈME PARTIE
Septembre

du 2 au 20 septembre 1999

CHAPITRE CINQ

Septembre

Institut de Technologie de Washington,
Babylon, Washington.
Matin du 2 septembre.

— EH, TREVOR ! C'est moi ! L'artiste anciennement connue sous le nom de Jezebel !

John se crispa. Il glissa un coup d'œil à Sarah. A la tête qu'elle faisait, il était clair qu'elle pensait la même chose que lui : cette nana avait un grain.

— Viens, Trev ! cria Jezebel qui ouvrait la marche. Sors de ton trou ! Ne sois pas une poule mouillée ! l'Élue veut juste te poser quelques questions au sujet d'Ariel. Elle ne te veut pas de mal !

John fronça les sourcils. Évidemment, Sarah ne lui voulait pas de mal. Et pourquoi Jezebel se sentait-elle obligée de brailler comme ça ? Le type n'était pas là, c'était clair. Depuis une heure, ils se trimballaient tous les trois dans les mêmes couloirs sombres et poussiéreux, devant des labos et des salles de classe vides. Il n'avait qu'une envie : se barrer. Cet endroit commençait à lui flanquer la trouille. Ça lui rappelait beaucoup trop l'école. Il détestait l'école. Maintenant, il se souvenait pourquoi il avait arrêté d'y aller après la cinquième.

— Je parie qu'il se cache en haut, marmonna Jezebel qui s'arrêta un instant au bout d'un couloir, l'air indécis. Je sais qu'il est ici. Il a juste peur de toi, ajouta-t-elle avec un sourire à Sarah.

Celle-ci resta de marbre.

— Pourquoi ? Il ne me connaît même pas.

— Devine, ironisa Jezebel en levant les yeux au ciel. Tu lui fiches la frousse parce que tu es l'Élue et lui, le frère du Démon. Je parie qu'il croit que tu vas lui lancer un sort et le transformer en torche vivante. Ça serait marrant, non ?

Elle éclata d'un rire malsain et tourna à l'angle du couloir.

John lança un nouveau regard inquiet à Sarah.

— Le transformer en torche vivante ? lui murmura Sarah avec une grimace. D'où est-ce qu'elle sort ces niaiseries ?

— J'en sais rien.

John regarda par-dessus son épaule le panneau de sortie éteint à l'autre bout du couloir.

— Écoute, Sarah... je crois que je vais prendre un peu l'air, d'accord, lui dit-il à voix basse. Ça fait deux jours entiers qu'on traîne dans cette ville à la recherche d'un type qui ne pourra peut-être même pas nous aider. Si ça se trouve, il s'est barré depuis longtemps.

— Tu ne vas pas me laisser seule avec cette folle ! protesta Sarah.

John haussa les épaules.

— Alors viens avec moi. Mais moi, je sors d'ici. On a assez perdu de temps. Il faut que je retrouve Julia.

— Tu vas la retrouver bientôt. Elle est forcée de venir ici. C'est toi-même qui l'as dit. Elle est Visionnaire. Et puis il peut être important de parler au frère du Démon. S'il sait des choses sur Ariel...

— Venez, vous autres ! appela Jezebel. Je l'ai trouvé !

Génial, songea John qui se renfrogna. Il n'avait aucune envie de parler à ce type. Trevor était sans doute aussi frappé que Jezebel. Ou encore pire. Il ne devait pas être le frère du Démon pour rien. De toute façon, tous ceux qu'il avait rencontrés jusqu'à présent à Babylon avaient l'air drôlement atteints. Et il n'était là que depuis deux jours. Cette ville était de loin l'endroit le plus jeté où il ait jamais mis les pieds.

Mais d'un autre côté, à quoi s'attendait-il d'autre ? Babylon grouillait de Visionnaires. Lui non plus n'était pas non plus le type le plus normal de la Terre.

— Viens, on y va, lui souffla Sarah en le tirant par sa manche.

Ils tournèrent à l'angle. Jezebel leur faisait signe de l'escalier au bout d'un petit couloir.

— Tu es sûre que c'est une bonne idée ? demanda John du coin de la bouche.

Il jetait des regards nerveux aux portes des laboratoires qu'ils dépassaient.

— Jezebel n'a-t-elle pas dit que ce type était un genre de savant fou ?

Sarah lui tapota le dos, tandis qu'ils montaient les marches.

— Ne t'inquiète pas. Elle m'a aussi dit qu'il avait peur de moi.

John hocha la tête. Il espérait que c'était vrai. Si Trevor avait assisté à la petite démonstration de Sarah la veille, alors c'était gagné. Il était forcé d'avoir les jetons. Et s'il avait les jetons, il aiderait Sarah. Le problème de Sarah, c'était qu'elle n'avait pas un look de battante. Surtout avec ses lunettes ringardes et ses cheveux fadasses. En réalité pourtant, *c'était* une battante. Heureusement, *certains* savaient de quoi elle était capable. Depuis qu'elle avait marché dans le feu, ils gardaient leurs distances et l'observaient de loin comme s'ils avaient affaire à une extraterrestre.

— Par ici, murmura Jezebel.

Elle les attendait en haut des marches, l'oreille collée contre une épaisse porte métallique. Elle plissa le front.

— Il parle à quelqu'un. Il a l'air terrorisé.

Elle respira à fond et frappa trois coups.

— Entrez ! fit une voix étouffée.

Terrorisé ? John échangea un nouveau regard avec Sarah. Si ce type était bien Trevor, il n'avait pas du tout l'air terrorisé. Plutôt impatient et excité.

Jezebel poussa la porte.

— Je savais que tu te cachais là-dedans, minauda-t-elle.

— On se cachait pas, on attendait l'Élue.

Bref, il avait l'air d'avoir *vachement* peur. Une fois de plus, Jezebel était à côté de la plaque. À quoi jouait-elle ? John soupira et entra à la suite de Sarah dans une pièce exiguë bourrée d'électronique. Assis à un bureau, deux types traficotaient une vieille radio. Inutile d'être un génie pour deviner lequel était le frère du Démon. Les mêmes yeux, les mêmes tifs. Deux gouttes d'eau. L'autre, un grand maigre plutôt détruit, lui rappela certains types qu'il avait connus au centre de détention pour jeunes délinquants, à Pittsburgh.

— Caleb ?

Jezebel regardait la loque d'un air incrédule.

— Qu'est-ce que tu fous ici ?

— Je suis venu donner un coup de main à Trevor, répondit-il, le regard noir. Et rencontrer l'Élue. Je me disais qu'elle aurait envie de nous voir.

— Ça, je m'en doute, marmonna Jezebel (elle désigna Sarah d'un geste). Eh bien, la voilà.

Trevor et Caleb sourirent en chœur. Mais leurs regards étaient fuyants. Pas vraiment spontané, comme accueil. En fait, ils avaient peut-être *vraiment* la trouille...

Trevor s'éclaircit la gorge.

— Je veux juste te dire que je...

— ... prends mon pied à torturer les fidèles de l'Élue, termina Jezebel à sa place.

Le sourire de Trevor s'évanouit. Il se tourna vers Jezebel.

— Qu'est-ce que tu racontes ? lui lança-t-il avec animosité.

John fronça les sourcils. Ça sentait le soufre. Mais il ne comprenait pas. Jezebel cherchait la bagarre avec ces types ? Que lui avaient-ils donc fait ?

— Laisse tomber, Trev, ricana-t-elle. Arrête de faire semblant d'être un saint. Raconte plutôt à l'Élue à quel genre de petites expériences tu t'amuses ici.

Trevor en resta bouche bée.

— Tu as encore bu trop de schnaps à la menthe, dit l'autre avec une grimace de dégoût.

Jezebel éclata de rire. Un rire de crécelle qui fit grincer les dents de John.

— Arrête de délirer, Caleb. Pourquoi est-ce qu'à chaque fois que je dis la vérité, les gens croient systématiquement que j'ai bu ?

— Parce que tu ne dis pas la vérité, Jez, grommela Trevor. Je ne prends pas mon pied à torturer des gens. Je regrette que ces malheureux soient morts, mais j'essayais d'aider...

— Ben voyons, ironisa Jezebel. Je suis sûre que tu regrettes, Trev. C'est sûrement pour ça que tu as enfermé tous ces...

— Pourquoi tu le laisses pas en placer une ? la coupa John qui se forçait à garder son calme. On n'a pas envie que ça dégénère, O.K. ? On veut juste discuter.

— Exactement, approuva Sarah.

Jezebel soupira d'un air navré.

— Laissez-moi vous dire un dernier truc. L'ordure ici présente kidnappe des innocents, dit-elle, pointant un index accusateur sur Trevor. J'en sais quelque chose. J'ai été sa première victime, en janvier. Il m'a menacée avec son fusil et m'a séparée de mes amis. Il m'a forcée à sortir avec lui...

— Tu mens ! explosa Trevor en bondissant de son fauteuil, le visage rouge brique, les veines du cou saillantes. C'est *toi* qui as choisi de venir avec moi ! C'est *toi* qui as fait le premier pas ! Tu m'as dit que tu *voulais* sortir avec moi...

— On se calme, intervint John qui s'interposa. Vos petites histoires n'ont rien à voir avec l'Élue. Vous pourriez peut-être écouter ce qu'elle a à dire.

Jezebel et Trevor se foudroyaient du regard.

— Jezebel, tu devrais nous laisser seuls un moment, dit Sarah d'une voix posée. Ne le prends pas mal. Je veux juste parler avec Trevor en tête à tête. D'accord ?

— Pas question ! répondit Jezebel d'un ton sec, les bras croisés. Tu es l'Élue. Je ne bouge pas d'ici !

John retint son souffle. Cette fille cherchait l'épreuve de force à tout prix.

— C'est... euh... sans doute à moi de m'expliquer, bredouilla Trevor. Je veux juste que vous sachiez que Caleb et moi, on a travaillé ici toute la journée pour réparer cette radio. On cherche des gens comme moi, vous comprenez, des gens qui essaient de trouver un remède à l'épidémie.

Il parlait avec tant de précipitation que John avait du mal à le comprendre.

— Mais il se passe un truc bizarre, continua Trevor. Tout ce qu'on arrive à capter jusqu'à présent, c'est ça.

Il s'approcha de la radio et tourna le bouton du volume.

— *Fidèles, réjouissez-vous !* grésilla une voix féminine sur fond de parasites. *L'Élu arrive ! Il guérit tous ceux qui croisent son chemin ! Venez à sa rencontre sur la face ouest du mont Rainier ! Il vous donnera sa bénédiction éternelle !*

Trevor baissa le son. La voix se perdit dans un murmure inintelligible.

— *Il* vous donnera sa bénédiction ? s'étonna Jezebel, le front plissé, en se tournant vers Sarah. Je croyais que c'était *toi*...

Elle ne termina pas sa phrase.

Harold, comprit aussitôt John. Ouais, aucun doute. Il reconnaîtrait n'importe où les divagations pseudo-mystiques de Harold. Il n'y avait que cette ordure pour prétendre guérir ceux qui croisaient son chemin. Il serra les poings de colère. À la seule pensée que Harold était encore dans la nature à berner le monde...

— C'est un piège, déclara Sarah.

John se tourna vers elle.

— Quoi ?

— J'ai déjà entendu ce genre de message, répondit-elle en se mettant à arpenter la pièce, préoccupée. Sur le bateau qui m'a emmenée jusqu'aux États-Unis, on n'arrêtait pas de capter des spots publicitaires. Tout le monde pensait que les États-Unis avaient été épargnés par l'épidémie parce qu'on entendait sans cesse les mêmes publicités. En fait, c'était un piège pour attirer les gens là-bas... et les massacrer. Je n'ai toujours pas compris pourquoi, ajouta-t-elle après un silence.

Un piège pour massacrer des gens ? La gorge de John se serra. Et Harold était dans le coup. Donc, si Julia était toujours avec lui, elle courait droit à...

— Quelqu'un pourrait-il m'expliquer ce qui se passe ? grommela Jezebel avec impatience.

Mais l'esprit de John était déjà à des kilomètres de la conversation. La tension avait cédé la place à une terreur blanche. Julia n'arriverait *jamais* à Babylon. Pas avec Harold. Il la menait tout droit à la tombe et elle ne se doutait de rien. S'il ne la retrouvait pas...

— Où se trouve le mont Rainier ? demanda-t-il.

— À environ cent cinquante kilomètres d'ici, au sud, répondit Jezebel. Pourquoi...?

— Il faut que j'y aille.

Sans réfléchir, il fonça dans le couloir.

— Attends ! lui cria Sarah. John !

Elle se précipita derrière lui et l'agrippa par le bras en haut des marches.

— Attends, tu ne peux pas partir comme ça...

Il se dégagea avec fermeté.

— Laisse-moi, Sarah. Je suis désolé. Tu ne peux pas comprendre. Si je ne la retrouve pas à temps, Julia va mourir !

Sarah secoua la tête, le visage plissé par l'inquiétude.

— Mais...

— Ne t'en fais pas. Dès que je l'ai trouvée, je reviens.

Il jeta un regard vers la porte ouverte et se pencha vers Sarah.

— Fais attention à toi, lui souffla-t-il à l'oreille. Et garde cette fille à l'œil. J'ai pas confiance.

— Je... je...

Pour une fois, Sarah ne trouvait plus ses mots.

John se mordit la lèvre. Il aurait voulu lui souhaiter bonne chance, lui dire à quel point il l'admirait... mais il n'avait jamais été très doué pour les discours.

Alors il tourna les talons et dévala les marches sans même lui dire au revoir.

Elle comprendra, se dit-il, tandis que ses pas résonnaient dans le couloir sombre. Elle comprend toujours.

CHAPITRE SIX
Septembre

Babylon, Washington.
Du 3 au 8 septembre.

Je n'arrive pas à croire que John est vraiment parti.

J'ai l'impression d'avoir perdu un deuxième frère. Nous avons passé un mois entier ensemble. Nous avions confiance l'un dans l'autre. À certains moments de notre périple, je me suis sentie aussi proche de lui que de Josh. Je sais que ça paraît bizarre, mais c'est la vérité : je les aimais de la même façon. Comme Josh, je voulais protéger John, faire en sorte qu'il ne manque de rien. Une vraie mère poule...

Je pense souvent à lui et, à chaque fois, la même image me vient : celle d'une géode. Je n'avais pas pensé depuis mon enfance à ces roches tapissées de cristaux à l'intérieur. Oui, c'est ça, John était comme une géode... un intérieur fascinant, scintillant caché dans une gangue de pierre dure et rugueuse. J'aurais aimé pouvoir lui dire ça.

Mais je respecte sa décision. Il était amoureux. Rien ne pouvait l'empêcher de vouloir sauver son amie.

Pourquoi est-ce que je pense toujours à lui au passé ? Je ne sais pas pourquoi, mais j'éprouve la sensation affreuse que je ne le reverrai jamais. Sans doute ce qu'on appelle une prémonition. C'est drôle. Il y a un an, j'aurais associé le mot « prémonition » avec aliénation : l'aliénation de ceux qui, dans leur aveuglement, se refusent à admettre la vérité. Maintenant, l'aliénée, c'est moi...

Même si John retrouve son amie, il n'est pas à l'abri de Harold. Ou bien du Démon. De n'importe qui, en fait. Il se peut aussi qu'il se désintègre.

Je suppose que, depuis le temps, je devrais m'être endurcie face à la mort. J'ai perdu tous ceux qui m'étaient chers. D'abord ma famille et mes amis au jour de l'An. Puis Josh. Et ensuite Ibrahim, le garçon que j'aimais. Maintenant, c'est au tour de John. Non, je ne me suis pas endurcie.

Pauvre Caleb. Je viens d'avoir ma première longue conversation avec lui et j'en suis encore retournée.

Ça semble difficile à croire, mais je le terrorise. Trevor et lui s'imaginent que je vais les punir pour toutes les horreurs qu'a commises Ariel, Trevor parce qu'il est son frère et Caleb parce qu'il est sorti avec elle. Je me sens affreusement mal à l'aise. Où a-t-il été chercher une idée aussi saugrenue ? Je ne savais <u>même pas</u> qu'il était sorti avec Ariel. Il m'a aussi raconté qu'à l'âge de sept ans Ariel avait tué sa mère et que tout le monde l'avait toujours trouvée égoïste et méchante.

Caleb m'a aussi confié un détail qui m'a intriguée. Il prétend qu'Ariel n'est plus la même depuis avril. C'est à partir de ce moment-là que certains se sont désintégrés en l'approchant. Tous ses amis l'ont laissée tomber. Tous sauf une. Une certaine Leslie.

D'après les prophéties du quatrième cycle lunaire, le Démon était censé « revêtir une forme humaine ». Ça tient debout. Le Démon a pris possession d'Ariel en avril. Un être malfaisant s'est approprié le corps d'un autre être malfaisant.

Encore un jour de passé et toujours aucun signe d'Ariel. Je ne comprends pas. Pour une fois, les Prophéties semblent se tromper. Ariel était censée me harceler sans cesse. Mais la seule personne qui me harcèle, c'est Jezebel. Elle me rend folle. Elle ne me lâche pas d'une semelle. Je suis obligée de m'enfermer dans les toilettes pour pouvoir lire le parchemin tranquille. John avait raison. Elle a vraiment un grain.

D'abord, elle parle sans arrêt, presque exclusivement d'Ariel et de Caleb. À l'entendre, elle en veut à mort à Ariel depuis toujours. Sa façon de parler m'exaspère. J'ai l'impression d'entendre des ongles grincer sur un tableau noir. Quand elle ouvre la bouche, je n'ai qu'une envie : me plaquer les mains sur les oreilles.

Mais ce qui est <u>vraiment</u> étrange, c'est cette histoire avec Caleb. Elle en parle comme s'ils étaient les plus grands amoureux de la Terre. Pourtant, je ne les ai pas vus seuls ensemble <u>une seule fois</u>. J'ai même plutôt l'impression que Caleb l'évite. Il passe tout son temps dans ce labo avec Trevor à essayer de remettre une radio en état. Quand il adresse la parole à Jezebel, c'est qu'il ne peut vraiment pas faire autrement. Et il a l'air au supplice. Alors qu'est-ce qu'elle raconte ?

À l'aide ! Je deviens folle. Il faut que je trouve un moyen de me débarrasser de Jezebel. Pourquoi refuse-t-elle de comprendre ? Elle devrait pourtant se rendre compte que je ne l'aime pas. Tout le monde me fiche la paix, même les Visionnaires. Surtout les Visionnaires. Je leur ai annoncé que je prendrai la parole quand je me sentirai prête. Ils respectent cette décision sans me casser les pieds pour connaître mes raisons. Pas Jezebel.

Avant de m'adresser aux Visionnaires, je dois traduire le parchemin jusqu'au bout. Je dois déchiffrer le code. Mais avec cette sangsue sur le dos, impossible de me concentrer. Elle ne se rend même pas compte à quel point ma mission est vitale. Sa propre vie en dépend ! Si je ne finis pas bientôt, nous sommes tous condamnés. D'après John, le temps presse. Il ne nous resterait plus que quelques mois avant le mystérieux cataclysme. Et je suis la seule à pouvoir l'empêcher.

À chaque fois que j'essaie de travailler, Jez m'assomme avec des questions niaises, du genre : qu'est-ce que ça veut dire « coupe la tarte et mets-la de côté » ? Si je le savais, je ne m'échinerais pas à essayer de le comprendre, non ? Et puis elle n'arrête pas de me demander ce qui va se passer le 9/9/99. Comment est-ce que je le saurais ? À croire qu'elle veut que j'échoue.

L'idéal serait que Trevor lui interdise l'accès au campus. C'est la seule solution. Pour nous tous.

J'ai peur. J'ai demandé à Trevor d'éloigner Jezebel de moi et il m'a répondu que c'était impossible. D'après lui, quoi qu'il fasse, cette fille arrive toujours à ses fins. Il prétend qu'elle possède des pouvoirs.

Le plus effrayant, c'est qu'elle n'a pas toujours eu ces pouvoirs. Elle aurait toujours été « un peu garce et manipulatrice », dixit Trevor, mais avant, c'était une fille normale. Et puis du jour au lendemain, son comportement a changé du tout au tout. Elle est devenue télépathe et s'est mise à raconter à qui voulait l'entendre qu'elle n'était plus Jezebel et que quand on découvrirait sa véritable identité, il serait beaucoup trop tard.

C'était en avril.

Ça m'a donné à réfléchir. Je ne veux pas émettre d'hypothèses avant d'avoir établi les faits, mais je n'arrive pas à m'en empêcher. La journaliste en moi est morte.

Je pense que nous avons tous fait fausse route.

À mon avis, il se peut que le Démon ne soit pas Ariel, mais en fait Jezebel. Elle « use de sortilèges pour détourner l'attention d'elle-même », exactement comme dans les Prophéties. Cela expliquerait beaucoup de choses, comme par exemple pourquoi Ariel a volé notre voiture. Elle n'a pas de pouvoirs magiques. Jezebel, si.

Bien entendu, il s'agit d'une simple hypothèse. Je n'ai aucune preuve. Pas encore. Mais plus je passe de temps avec cette fille, plus je trouve que ça tient debout. Elle me harcèle vraiment et m'abrutit de mensonges. Hier, par exemple, elle m'a raconté qu'elle avait rejoint Trevor sur le campus parce que Ariel l'avait abandonnée à son sort sous la neige. La semaine dernière, c'était parce que Trevor l'y avait contrainte sous la menace d'un fusil.

Les deux versions sont fausses. J'ai réussi à me débarrasser d'elle assez longtemps pour poser la question à Trevor. D'après lui, c'est Jezebel qui a abandonné Ariel à son sort. Ce n'était même pas sous la neige, mais sous une pluie glaciale.

Cette fille passe son temps à raconter des mensonges.

Pourtant, Trevor reste persuadé que sa sœur est le Démon. Caleb aussi. Je n'ai pas cherché à les détromper. Après tout, je n'ai toujours aucune certitude qu'Ariel n'est pas le Démon. La seule fois où je l'ai vue, elle aurait dû être morte, voilà tout.

Mais supposons que Jezebel soit le Démon. N'aurait-elle pas eu le moyen de maintenir Ariel en vie alors qu'elle la poignardait ?

Cette hypothèse me terrifie. Si cette fille possède autant de pouvoir, comment puis-je espérer me défendre ? Comment puis-je espérer la vaincre ?

Ma seule chance, c'est de trouver la réponse dans le parchemin. Si, bien sûr, Jezebel me fiche la paix assez longtemps.

CHAPITRE SEPT

Septembre

Mont Peale, Utah.
9 septembre.

— HAROLD ? Harold, tu m'écoutes ? Certains Visionnaires veulent te parler. Ils... euh... ça m'embête de te le dire, mais... ils commencent à s'inquiéter.

Harold Wurf avait les yeux perdus dans le vague. De ce promontoire enneigé qui **dominait** la vallée verdoyante, il pouvait admirer une dizaine de sommets. Malheureusement, il était incapable d'apprécier la beauté du panorama. Non. En fait, il pouvait à peine respirer. À cette altitude, l'air était trop rare. Il n'était vraiment pas dans son assiette : il avait des vertiges et était d'une humeur massacrante. Pourquoi Linda avait-elle insisté pour qu'ils *gravissent* ce pic ? N'aurait-il pas été plus simple de le *contourner* ? Peut-être devrait-il arrêter de la chouchouter à ce point. Pour ce que ça lui avait rapporté. Même pas un baiser...

Linda s'éclaircit la gorge.

— Si tu veux...

— Je vais leur parler dans une minute, maugréa-t-il.

Pour la première fois, il n'était pas d'humeur à supporter son accent british. Il lui jeta un coup d'œil maussade. Chaudement emmitouflée, elle se tenait à l'entrée du sentier qui descendait jusqu'au campement, plusieurs centaines de mètres en contrebas, où le reste de ses fidèles pliait bagage et se préparait à une nouvelle journée de marche vers l'ouest. Il tiqua devant ses joues rougies par le froid et ses yeux larmoyants. Il n'avait même pas envie de la *regarder*. Et encore moins d'affronter une bande d'ingrats impatients.

— Va leur dire que j'ai besoin de méditer quelques instants.

— Tu es sûr ? demanda-t-elle, sautillant d'un pied sur l'autre pour les réchauffer. Je crois que j'ai une meilleure idée.

Harold haussa les sourcils.

— Ah bon ? fit-il d'un ton morne. Laquelle ?

Elle sourit.

— À mon avis, nous devrions les laisser partir. En faire un exemple. Ce serait le moyen de faire taire les derniers infidèles.

Infidèles. Ce mot fit monter un goût amer dans la bouche de Harold. Durant les neuf derniers mois, il avait beaucoup appris sur le comportement des adolescents. Par chance, la plupart d'entre eux étaient ignorants et faciles à manipuler. Ils étaient incapables de voir leurs propres contradictions. Ils élevaient l'individualisme au rang de vertu suprême et pourtant la plupart de leurs décisions découlaient des lubies du groupe. La pression des pairs gouvernait leur code moral. Mais ils avaient aussi désespérément besoin d'une justification extérieure... de quelqu'un qui personnifie tout ce qu'ils désiraient pour eux-mêmes : le pouvoir, la séduction, le génie.

Bref, leurs faiblesses le servaient à merveille.

Mais il y avait un hic. Un défaut propre aux adolescents qui lui causait perpétuellement des ennuis : leur manque de mémoire. Quel que soit le nombre de miracles accomplis, ses fidèles semblaient toujours les oublier. Il fallait les tenir sans cesse en haleine. Le plus banal incident, le plus petit revers et il se retrouvait en position délicate. Ainsi, il y a deux semaines, quand cet étrange tremblement de terre avait blessé plusieurs de ses ouailles et permis à Julia et à Luke de s'enfuir...

— Harold ?

Il jeta un regard agacé à Julia.

— Quoi ?

— Que penses-tu de mon plan ?

— Quel plan ? bougonna-t-il. Ton idée ne tient pas debout. Comment le départ des Visionnaires ferait-il taire les incrédules ? Ça aurait plutôt l'effet inverse. Ça prouverait que je n'ai aucune emprise sur eux.

Le sourire de Linda s'élargit.

— Pas s'ils mouraient tous.

Harold la regarda avec stupéfaction.

— Pardon ?

Elle soupira.

— Est-ce que tu commencerais toi aussi à douter ?

À douter ? Harold plissa le front. Peut-être l'oxygène était-il *vraiment* trop rare ici...

— Qu'arrive-t-il à ceux qui doutent de toi, Harold ? insista Linda. Que leur arrive-t-il à *chaque* fois ?

Harold se renfrogna. Voilà qu'elle se mettait à pontifier. Depuis quand se permettait-elle de s'adresser à lui avec autant d'irrespect et de poser des questions rhétoriques idiotes ? Qui était l'Élu ici ? Il respira à fond et tenta de s'éclaircir les idées. Linda s'était pervertie. Ce n'était qu'une adolescente comme les autres. Il devait garder cette donnée à l'esprit. Et elle était l'unique fidèle qui persistait à l'appeler par son prénom. Tous les autres l'appelaient le Guérisseur. D'accord, elle était sa plus précieuse recrue, la Visionnaire la plus puissante parmi ses adorateurs, sans aucun doute la plus mignonne... mais peut-être avait-elle profité trop longtemps de son statut d'exception. Quoi qu'elle semblât en penser, elle n'était *pas* son égale.

— Tu prétends que tous les infidèles sont condamnés à mourir, répondit-il. Jusqu'au tremblement de terre, j'aurais été tenté de te croire. Mais la fuite de Julia Morrison est la preuve que tu te trompes.

Linda balaya sa remarque d'un revers de main dédaigneux.

— Simple concours de circonstances...

— Simple concours de circonstances ? s'exclama Harold. Elle était ligotée sur le bûcher et un tremblement de terre s'est produit *par hasard* juste à ce moment-là ? Tu es un peu naïve, non ? C'est toi qui ne cesses de répéter que le pouvoir du Démon grandit en Julia en même temps que son bébé. Et tu voudrais me faire croire qu'il ne tiendrait pas à protéger ce bébé ?

— Je... je suis désolée, bafouilla Linda, les yeux baissés. Je me trompais en pensant qu'une hérétique pouvait t'échapper sans l'aide du Démon. Mais tu es plus puissant que lui. Je sais que quelque chose de terrible attend les Visionnaires, si tu les laisses partir. Je le *sens*. Ton courroux causera leur perte. Fais-moi confiance.

Harold ravala sa colère. Cette dispute ne servait à rien. Il n'avait pas d'autre choix que de lui faire confiance, de laisser partir ces Visionnaires. Sinon il les perdrait de toute façon. Ils rumineraient leur angoisse et leur ressentiment, puis finiraient eux aussi par se rebeller ou s'enfuir. Mieux valait les chasser tout de suite et faire croire aux autres que c'était sa volonté.

Il devait leur montrer sa force.

— Tu les vois ? demanda Linda.

Elle se pencha vers Harold et désigna une route isolée à des kilomètres, au fond de la vallée.

— Quelques-uns les ont rattrapés. D'après mes estimations, ils sont une trentaine en tout.

Harold se pencha au-dessus du précipice et plissa les yeux dans la direction que lui indiquait Linda. Il distingua une ligne de points minuscules sur la route sinueuse. Vus d'ici, ils lui faisaient penser à une longue chenille qui avançait avec une telle lenteur que sa progression était à peine perceptible. Mais une chose était sûre : ils étaient *vivants*. Aucun sortilège mortel ne les avait encore frappés et il commençait à se faire tard. Le soleil s'était déjà caché derrière les montagnes à l'ouest, baignant la neige et les nuages d'un halo jaune orangé.

— C'est assommant, Linda, grogna-t-il. Je veux rentrer au campement. Je suis fatigué. Je n'ai rien mangé de toute la journée. C'est malsain de rester à une telle altitude aussi longtemps.

Linda secoua la tête.

— Faux, murmura-t-elle d'un air absent. Ça développe l'endurance pulmonaire.

Harold lui lança un regard incendiaire.

— Qu'est-ce que ça peut bien nous faire ? lui lança-t-il rageusement. Ne me dis pas que c'est pour ça que tu as voulu qu'on escalade cette montagne ! On n'est pas là pour faire du sport, Linda. On essaie de gagner l'ouest le plus vite possible ! On essaie d'arrêter le Démon ! Tu sais quoi ? Je comprends que ces Visionnaires aient perdu patience...

Il s'interrompit pour reprendre sa respiration. À cette altitude, crier relevait de l'exploit.

— Moi aussi, je commence à la perdre, termina-t-il dans un souffle.

— J'avais mes raisons pour vouloir venir ici, répondit Linda. Je suis une Visionnaire, Harold. N'oublie jamais ça. Je vois des choses qui...

Sa phrase se perdit dans un grondement sourd.

— Quoi ? Parle plus fort !

La bouche de Linda continuait de bouger, mais il ne comprenait pas un traître mot de ce qu'elle disait. Le grondement s'amplifia et, bientôt, Harold sentit le sol vibrer sous ses pieds. Il baissa les yeux vers le bord du précipice. Un frisson de panique lui parcourut l'échine. Encore un tremblement de terre ? Il lança un regard affolé à Linda. Celle-ci n'avait pas bronché. Elle fixait la montagne d'en face, les yeux écarquillés et une ombre de sourire aux lèvres... comme si elle était en extase.

Intrigué, Harold suivit son regard. Il fronça les sourcils.

Un phénomène étrange était en train de se produire dans la partie supérieure du versant opposé. La neige y semblait floue comme s'il la regardait à l'aide de jumelles mal réglées. Il cligna des yeux à plusieurs reprises, mais sa vue n'était pas en cause. Le reste du paysage était parfaitement net. La zone floue commença à s'étendre, progressant vers la vallée au ralenti... comme un ruissellement.

Il se retourna vers Linda. Elle lui sourit et prononça un seul mot.

— Avalanche.

Mon Dieu, bien sûr ! Le pouls de Harold s'accéléra. Il tendit le cou et jeta un coup d'œil au fond de la vallée. La file indienne s'était disloquée. Les points avaient rebroussé chemin et remontaient les lacets de la route, à peine plus vite qu'auparavant, semblait-il, mais il imaginait les malheureux en train de détaler comme des lapins pour échapper à la mort, ivres de terreur.

La coulée prenait de la vitesse. Harold retint son souffle. Un grondement assourdissant lui déchirait les tympans et lui ébranlait les os. Des avalanches s'étaient déclenchées sur tous les sommets ! Elles viraient au brun-gris sale en fondant sur la vallée, de plus en plus vite... Elles convergèrent au-dessus de la forêt, ensevelissant les arbres, la route et les Visionnaires dans un chaos de neige et de gravats.

— Qu'est-ce que je t'avais dit ? s'écria Linda, aux anges.

Le fracas de l'effroyable collision se répercuta en écho contre les parois, puis s'apaisa très vite. En quelques secondes, le calme et le silence retombèrent sur la chaîne de montagnes. Harold expira l'air bloqué dans ses poumons. La bouche ouverte, il cligna des yeux, interloqué. Un nuage d'un blanc grisâtre s'éleva de la vallée et obscurcit sa vue.

Mais nul besoin de s'attarder. Il n'y avait de toute façon plus rien à voir. Les infidèles étaient morts, fauchés en un clin d'œil. Comment était-ce possible ? Comment Linda avait-elle pu savoir ?

Celle-ci ne semblait pas le moins du monde troublée par le drame terrible auquel elle venait d'assister. Elle lui tapota le dos.

— Viens, Harold, dit-elle d'une voix dénuée d'émotion. Il est temps de t'adresser à tes fidèles.

Quand Harold rassembla ses ouailles, il était heureusement plus détendu. Euphorique, même. Sa colère contre Linda était retombée. Comment lui en vouloir ? Une fois de plus, elle avait prédit le sort de ses détracteurs avec une précision fatale. Elle avait le *droit* d'être mieux traitée que les autres. Et si elle avait envie de l'appeler Harold, qu'à cela ne tienne. Après tout, c'était son prénom.

La nuit était tombée depuis longtemps. La lune était très brillante. Il n'avait même pas besoin d'un feu pour éclairer les visages inquiets de ses fidèles. Il s'en passait très bien d'ailleurs. La faible luminosité naturelle avait un effet beaucoup plus spectaculaire, surtout avec ces montagnes qui se détachaient en ombre chinoise contre le ciel pourpre piqueté d'étoiles. Elles semblaient cerner le campement telles les murailles noires d'une forteresse.

— Peuple de l'Élu ! commença-t-il d'une voix forte, perché sur un promontoire rocheux. Écoutez-moi ! Écoutez-moi de toutes vos oreilles ! Aujourd'hui, vous avez assisté à un nouveau triomphe du Bien contre le Mal. Vous avez assisté à la destruction de l'œuvre du Démon. Vous avez vu comment les esprits faibles ont été détournés du droit chemin. Qu'y ont-ils gagné ? Rien ! Ils ont été balayés par un déferlement de...

— Je viens d'avoir une vision ! s'exclama soudain Linda.

Harold s'interrompit et scruta l'assistance. Linda se hissa auprès de lui.

— Écoutez-moi ! cria-t-elle, le souffle court. Je sais exactement où nous devons nous rendre !

— Comment ça ? s'étonna Harold.

— J'ai vu l'endroit ! Il est apparu au-dessus de ta tête pendant que tu parlais. C'est une montagne... Une montagne imposante, presque deux fois plus grande que celles qui nous entourent, expliqua-t-elle, embrassant les pics enneigés d'un large geste. C'est le mont Rainier, dans l'État de Washington. Nous devons faire savoir partout qu'il faut se rendre au mont Rainier !

Harold la dévisageait, ébahi.

— Je ne comprends pas.

— C'est *là-bas* que tu affronteras et vaincras le Démon ! C'est là-bas que tu accorderas ta bénédiction suprême à tes fidèles !

— Ma... bénédiction suprême ? bafouilla-t-il.

Linda hocha la tête avec vigueur, puis la rejeta en arrière, comme si elle était en proie à une transe subite.

— La vie éternelle ! s'exclama-t-elle avec une ferveur proche de l'extase.

Un murmure parcourut l'assistance.

Harold se frotta le menton, s'efforçant d'analyser la nouvelle. Quelle en était la signification ? Le mont Rainier ? Personne n'avait mentionné cet endroit jusqu'ici. Les Visionnaires avaient juste vaguement parlé d'aller vers l'ouest... Mais si Linda était persuadée que son triomphe aurait lieu là-bas, alors c'était vrai. Il devait se détendre, effacer la confusion et la surprise de son visage. Pas question que ses fidèles se rendent compte qu'il était aussi ébahi qu'eux. Et il n'y avait à l'évidence rien à redouter. Au contraire. Enfin une bonne nouvelle.

— Nous allons nous séparer et partir dans toutes les directions ! annonça Linda. Nous allons répandre la bonne parole partout ! Dans deux mois, nous nous retrouverons tous au pied du mont Rainier. Et alors nous aurons la vie éternelle !

CHAPITRE HUIT

Septembre

Bicknell, Utah.
Nuit du 9 septembre.

JULIA se demanda si elle dormait. Il faisait noir comme dans un four. Elle avait les yeux ouverts et, pourtant, elle n'y voyait goutte.

Où suis-je ? Elle avait l'impression d'être frappée d'amnésie. Une autre sensation s'imposa bientôt à elle : le froid. Elle avait les jambes frigorifiées. Et *mouillées*. Elle tâtonna dans l'obscurité. Ses doigts butèrent contre une masse glacée et poudreuse. Elle tenta de bouger les pieds. Rien ne se passa.

Oh non ! Elle prit soudain conscience qu'elle était enterrée presque jusqu'aux aisselles dans la neige. Impossible de faire le moindre geste.

— Julia !

La voix paniquée de Luke jaillit de l'obscurité, non loin d'elle.

— Julia, tu m'entends ? Ça va ?

— Oui, mentit-elle dans un gémissement.

Mais çà n'allait pas du tout. Elle avait la bouche sèche, comme gonflée. Son cœur cognait douloureusement dans sa poitrine.

— Qu'est-ce qui s'est passé ?

— Tu as dû perdre connaissance à cause de l'avalanche, répondit Luke d'une voix tremblante.

Il poussa un grand soupir de soulagement.

— Ça faisait au moins cinq minutes que je criais ton nom.

L'avalanche ? Ce mot alluma en elle une étincelle de terreur, sans qu'elle sût vraiment pourquoi. Il y avait un vide atroce dans son esprit. Venait-elle d'échapper de justesse à la mort ?

Julia se mordilla la lèvre, s'efforçant de rassembler ses souvenirs avant le trou noir. Luke était occupé à faire un feu. Oui, elle se rappelait maintenant. Épuisés par leur longue marche, ils avaient décidé de dresser le camp pour la nuit. Les montagnes semblaient sans fin. Dès qu'ils avaient franchi un sommet, un autre plus abrupt encore lui succédait et la marche harassante recommençait. Et elle ne redoutait pas seulement la douleur et l'épuisement : les ascensions qui lui donnaient des élancements fulgurants dans le dos, les descentes qui lui réduisaient les chevilles en compote. Elle craignait au plus haut point de tomber par accident sur le sommet qu'elle devait à tout prix éviter, celui que l'Élue lui avait montré.

— Julia ? Tu peux marcher ?

— Je... je n'arrive même pas à bouger, balbutia-t-elle.

Elle voulut se tourner vers Luke qui devait se trouver quelque part derrière elle. Mais elle put à peine bouger le cou...

— Ça va aller, l'encouragea Luke. Continue de parler. Je vais te trouver.

La gorge de Julia se serra. Elle cligna des yeux à plusieurs reprises dans un effort désespéré pour voir. En vain. Elle était morte de peur.

— Je... ne comprends pas, fit-elle d'une voix étranglée. Je crois que je suis aveugle. J'ai peur, Luke...

— Mais non, tu n'es pas aveugle, tenta-t-il de la rassurer. C'est juste tous ces trucs en suspension dans l'air. L'avalanche a dû soulever un nuage de poussière incroyable. Tu ne te souviens pas comme le ciel était clair ? Je parlais justement de la pureté de l'air ici... contrairement à New York où, même quand le ciel est dégagé, on distingue à peine quelques malheureuses étoiles.

Ah oui, c'est vrai ! Elle s'en souvenait maintenant. Luke n'arrêtait pas de la ramener avec ses histoires de pollution.

Bon d'accord, je ne suis pas aveugle, s'efforça-t-elle de se convaincre avec un hochement de tête vigoureux qui apaisa ses nerfs à vif. Et même si elle l'était, ce n'était pas si dramatique. Luke voyait, lui. La force impérieuse qui brûlait en elle la guiderait où elle devait aller, aveugle ou pas. Elle en avait la certitude. Même à moitié ensevelie sous la neige, elle éprouvait encore cette étrange attraction qui lui commandait de se lever et de continuer à avancer. Plus forte que jamais, elle la dévorait de l'intérieur.

— Julia, n'arrête pas de parler, d'accord ? Il faut que je te trouve.

La voix de Luke s'était rapprochée. Elle entendait ses pas hésitants crisser dans la neige.

— Je suis ici, juste devant toi. Continue dans la même direction et tu...

Une main effleura le sommet de sa tête. *Dieu merci !*

— Enfin te voilà, murmura Luke qui s'agenouilla à ses côtés et tâta la neige autour d'elle. Bon sang, pas étonnant que tu aies tourné de l'œil. Tu es ensevelie drôlement profond.

— Comment... c'est arrivé ? demanda-t-elle d'une voix rauque. L'avalanche, je veux dire.

— J'en sais rien, répondit Luke qui entreprit de creuser autour d'elle à mains nues. Ça a peut-être un rapport avec les grondements bizarres qu'on a entendus plus tôt dans la journée, ajouta-t-il avec un grognement dû à l'effort. Tu te souviens ?

— Oui.

S'en souvenait-elle ? Pas vraiment. Ses souvenirs des dernières heures étaient confus et lacunaires, telles les scènes d'un film qu'elle aurait suivi d'un œil distrait.

— Tu es sûre que ça va ? s'inquiéta Luke, le souffle haletant, tandis qu'il déblayait fébrilement la neige. Tu n'as pas l'air bien. Tu as des vertiges ? Tu crois que le bébé est blessé ?

Le bébé ! Prise de panique, Julia dégagea ses bras et voulut tâter son ventre. Mais son carcan de pierres et de neige boueuse entravait ses mouvements. Et elle était si frigorifiée que son corps tout entier était comme insensibilisé. Aussi vite que le lui permettaient ses doigts engourdis, elle dégagea son ventre de la neige qui la retenait prisonnière. *Donne-moi des coups de pied, je t'en supplie, donne-moi des coups de pied...*

— Calme-toi, la réconforta Luke. Ne t'en fais pas, ça va aller. Laisse-moi voir.

Il repoussa les mains de Julia et appliqua ses doigts sur sa robe détrempée, juste sur son ventre.

Julia se raidit. Luke ne l'avait pas touchée depuis... enfin bon, depuis une *éternité*. Lâche-moi ! hurlait une petite voix au fond d'elle-même. De quel droit posait-il ses mains sur son corps ? A cette seule pensée, elle eut un sursaut de dégoût. Même paralysée et coincée sous des tonnes de gravats, c'était à elle de s'assurer que son enfant était sain et sauf...

— Je le sens bouger, murmura-t-il. Oui, il bouge. (il se remit à creuser avec énergie.) C'est bon, le bébé n'a rien.

— Tu es sûr ?

Un tourbillon d'émotions contraires assaillit Julia : au soulagement et au bonheur se mêlaient le malaise et la culpabilité. Luke était mauvais. Et pourtant, il l'avait touchée apparemment sans arrière-pensées, sexuelles ou autres, sincèrement préoccupé par le sort de son bébé. Avait-il pu changer à ce point ? Ses motivations étaient-elles aussi pures qu'elles le paraissaient ? D'un côté, elle était tentée de le croire, mais, de l'autre, elle savait que c'était impossible.

— C'est vrai ? Tu l'as senti ? murmura-t-elle.

— Oui, je te le jure, il a bougé, répondit-il sur le même ton.

Julia n'en revenait pas. Elle n'avait rien senti du tout. Elle était trop engourdie, trop choquée. Mais Luke ne lui mentirait pas sur un sujet aussi grave, n'est-ce pas ?

Il s'arrêta brusquement de creuser. Elle entendait sa respiration haletante auprès d'elle. Il suffoquait presque. Quel mal il se donnait pour sauver la vie de son enfant... Tout ça pour se faire envoyer sur les roses à tout bout de champ ? Peut-être devait-elle faire son examen de conscience ? Peut-être était-elle en train de s'abaisser au même niveau que lui ? À son niveau *d'avant*. Elle n'avait pas le droit d'agir ainsi. Elle lui devait des excuses. Il le *méritait*. Les mots eurent du mal à sortir, mais elle les dit.

— Pardonne-moi, Luke.

Il garda le silence.

— Luke ? fit-elle en fronçant les sourcils. Tu m'as entendue ?

Seul lui parvint le hurlement sourd du vent des Rocheuses.

— Allez, réponds-moi. On ne peut pas continuer comme ça, bougonna-t-elle en lui tendant la main.

Il ne la prit pas.

Luke, s'il te plaît... Elle tâtonna derrière elle dans la neige. Sa main rencontra une masse liquide. Liquide et chaude.

Elle se figea.

Même dans le noir, elle identifia aussitôt la substance. C'était le même magma visqueux et collant qu'elle avait touché une fois, le soir du Nouvel An au Jump Club à New York. Une vague de terreur la submergea.

Non ! Elle secoua frénétiquement la tête. C'était impossible. Pas *maintenant*.

Parce que si c'était bien ce qu'elle redoutait, cela signifiait que Luke avait lui aussi succombé à l'épidémie, comme tous ceux de son âge. Vite et sans bruit. Apparemment, le remède magique de Harold avait perdu son efficacité. Et, comble de l'horreur, elle se retrouvait livrée à elle-même dans les sommets hostiles des Rocheuses. Seule, sans doute aveugle et sans aucune chance de s'en sortir vivante.

Cette chance venait de disparaître avec Luke.

CHAPITRE NEUF

Septembre

Motel 6, Spokane, Washington.
Matin du 11 septembre.

PAS DE PANIQUE, ne cessait de se répéter Ariel. Ressaisis-toi.

Elle balaya à nouveau du regard la chambre exiguë. Elle avait déjà fouillé la pièce des dizaines de fois. Le collier aurait *dû* être là. Et pourtant il n'était sur aucun des deux lits défaits. Pas plus que parmi les canettes de soda vides ou les emballages de M&M's sur le tapis... Et encore moins sur la table ou sur la grande télé. Elle avait passé trois quarts d'heure à inspecter la salle de bains, allant même jusqu'à tâter le fond de la cuvette des W.-C. Beurk...

— Leslie ! cria-t-elle. Leslie !

Pas de Leslie non plus. Génial. Elle était en train de péter les plombs et Leslie faisait sans doute son petit jogging matinal. Décidément, cette fille était bizarre. Elles squattaient un hôtel désert dans une ville fantôme, la fin du monde allait leur tomber dessus d'une minute à l'autre et mademoiselle était obsédée par sa forme physique !

Stop ! Détends-toi ! C'est juste un stupide bijou. D'abord, il ne t'appartient même pas. En plus, il est maléfique. Il vaut mieux en être débarrassée. Tu le sais, non ?

Mais les mots dans sa tête n'avaient aucun sens. Une fois de plus, elle se mentait à elle-même. Ces derniers temps, elle se surprenait souvent à ce petit jeu. Et alors ? Tout était préférable à la vérité. Inconsciemment, elle passa les doigts sur sa nuque, cherchant la chaîne qui n'était plus là. Elle se sentait nue sans elle. Pire que ça. Elle avait l'impression d'être amputée.

Comment avait-elle pu perdre son collier ? *Comment ?*

En allant se coucher, elle l'avait encore. Aucun doute là-dessus. Elle se souvenait de l'avoir vu dans le miroir en faisant sa toilette. Ou bien non ? Impossible, elle dormait toujours avec. Et de toute façon, elle ne l'enlevait *jamais*. Ce scénario ne tenait pas debout une seconde.

— Mais où est-ce qu'il est passé à la fin ? explosa-t-elle en tapant du pied.

— Ariel ? fit une voix dans le couloir. Ça va ?

Pas trop tôt. Ariel soupira bruyamment.

— Non, ça ne va pas !

Elle fonça vers la porte et l'ouvrit à la volée.

— T'étais où ? Je te cherche depuis...

Elle se pétrifia sur le seuil, bouche bée. Elle cligna des yeux plusieurs fois, persuadée qu'elle rêvait.

Son pendentif se balançait au cou de Leslie. Les contours étranges du gros bijou en argent se dessinaient avec netteté sur son T-shirt noir. Elle aurait dû être folle de joie. Leslie l'avait retrouvé. Pourtant, son estomac se noua. Que faisait-il au cou de son amie ?

— Qu'est-ce qui t'arrive ? demanda Leslie.

— Tu l'as... tu l'as...

Ariel déglutit et secoua la tête. Impossible de finir sa phrase. Elle avait le cerveau trop embrouillé.

— Mon collier, parvint-elle à articuler.

Leslie haussa les épaules.

— Je me demandais ce que tu dirais, répondit-elle platement.

Sur ces mots, elle rentra dans la chambre d'un pas décidé et jeta un sac en plastique rempli de boîtes de céréales et de ravioli sur le lit. Ariel était tellement sidérée qu'elle n'avait même pas remarqué les provisions. Elle ne pouvait arracher son regard du pendentif, comme hypnotisée par ses reflets dans le soleil du matin qui filtrait par les vitres sales.

— J'ai trouvé une épicerie pas loin d'ici, annonça Leslie qui se laissa tomber sur le lit d'Ariel et s'adossa contre les oreillers. Les rayons sont encore bien garnis. Incroyable, non ? On a plus de réserves qu'il n'en faut pour au moins un...

— Pourquoi ? l'interrompit Ariel.

— Pourquoi quoi ?

— Tu portes mon collier ! Il est à moi ! Ça ne t'a même pas effleuré l'esprit de me demander si tu pouvais l'emprunter ?

Leslie se contenta de la regarder, sans émotion apparente.

— Je ne te l'ai pas demandé parce que je savais que tu refuserais.

— Rends-le-moi !

— Non.

Non ? Ariel faillit avoir un coup de sang. C'était dingue. Leslie avait été lobotomisée ou quoi ? Elle n'avait pas du tout l'air dans son état normal. La conversation n'avait même pas l'air *réelle*.

— Rends-moi mon collier ou...

— Ariel, écoute-moi, la coupa Leslie en durcissant le ton. J'ai mes *raisons*, O.K. ?

Ariel serra les mâchoires. Cette fois, ça allait trop loin. Pour la première fois depuis très longtemps, l'envie la démangea de flanquer une baffe à Leslie Arliss Irma Tisch. Une baffe bien sentie. Cette nana avait besoin de se faire sacrément remettre à sa place. Elles traînaient peut-être ensemble depuis trop longtemps. Leslie n'avait plus conscience des limites à ne pas franchir.

— Tu charries, Leslie, maugréa-t-elle. Je te jure que tu charries.

Leslie soupira.

— Tu sais à quoi j'étais en train de penser ? demanda-t-elle d'une voix radoucie, presque mélancolique.

— J'en ai rien à battre !

— Je vois, fit Leslie avec un sourire triste.

Elle se redressa et cala ses genoux contre sa poitrine.

— On dirait que la lune de miel est finie, hein ? Je voulais juste te dire que j'ai beaucoup réfléchi à cette fois où je t'ai sortie des flammes à Seattle.

Ariel se vida d'un seul coup de sa colère, comme une baignoire de son eau sale. Pourquoi fallait-il que Leslie remette cette histoire sur le tapis ? Elle savait vraiment trouver les mots pour la faire atterrir. Emprunter un collier était plutôt insignifiant à côté de sauver une vie. Et Leslie avait sauvé la sienne plusieurs fois. Elle était devenue son amie. Et l'était restée.

Sa loyauté ne se dément jamais, alors que je suis une garce infernale et que le monde entier veut ma peau.

— De toute façon, je crois que j'aurais pu te laisser là où tu étais, poursuivit Leslie. Il ne te serait rien arrivé. Tu te serais relevée comme si de rien n'était et tu serais sortie de l'hôtel, comme aujourd'hui de cette voiture en flammes. C'est vrai, le temps que je te trouve, tu aurais sans doute dû être déjà morte asphyxiée.

Ariel baissa les yeux. La colère avait laissé la place à l'accablement. Ça y est, cette fois, je suis seule, songea-t-elle, une boule douloureuse dans la gorge. Leslie avait fini par accepter ce que tout le monde savait depuis longtemps : Ariel Collins et le Démon ne faisaient qu'un.

— Où est-ce que tu veux en venir ? murmura-t-elle.

— C'est simple. Tu as survécu à l'incendie du Sheraton après avoir eu le collier, répondit Leslie avec assurance. C'est à partir de ce moment-là que les trucs bizarres ont commencé. À mon avis, c'est à cause de ce collier que tu as survécu.

— C'est aussi mon avis, approuva Ariel d'une voix étranglée. C'est... c'est ce que je me tue à te dire depuis...

Mon dieu, ce n'était vraiment pas le moment de chialer!

— Il n'y a pas que ça, Ariel, la coupa Leslie en s'approchant d'elle avec vivacité. Je suis sûre que ce collier agit comme une drogue. Tu en es *dépendante* et tu ne t'en rends même pas compte. Tu es dépendante de son pouvoir. Voilà pourquoi il t'est impossible de l'enlever.

Ariel secoua la tête.

— Ça ne tient pas debout.

— C'est parce que tu raisonnes en être humain, objecta Leslie. Tu dois raisonner comme le Démon.

Je raisonne toujours comme le Démon, non ? songea Ariel. *Puisque je suis le Démon.*

— Efforce-toi de prendre un peu de recul et d'analyser la situation avec... tu sais...

Leslie claqua les doigts avec un froncement de sourcils.

— C'est comment le mot déjà ?

— Objectivité ? suggéra Ariel.

— Exactement.

Leslie plongea son regard dans le sien.

— Pense à ce que racontent les Fondus de l'Élue. Avec objectivité. Ils prétendent que le collier appartient au Démon. À l'évidence, ils savent qu'il possède un pouvoir maléfique. Disons à titre d'hypothèse que Jezebel est le Démon. Si elle voulait faire croire à tout le monde que le Démon c'est toi, est-ce qu'elle n'aurait pas intérêt à ce que tu portes un bijou doué de pouvoirs hallucinants ? Et est-ce que ça ne marcherait pas encore mieux si tu devenais dépendante de ces pouvoirs ? De l'objet même de la supercherie ?

Ariel se mordilla la lèvre. L'hypothèse de Leslie était plutôt tirée par les cheveux. Un peu trop à son goût. Elle n'était pas accro aux pouvoirs ; elle les *détestait*. Et puis comment quelqu'un pourrait-il être accro à un stupide morceau de métal ? Sans oublier que ce n'était pas Jezebel qui lui avait donné le pendentif. C'était une Fondue de l'Élue.

— Le Démon ne te le donnerait pas en personne, insista Leslie, comme si elle lisait dans ses pensées. Ce serait trop évident. Et souviens-toi, ce n'est pas vraiment du collier dont tu es dépendante, mais de ses pouvoirs.

Elle pouffa de rire.

— Écoute-moi un peu. C'est fou. Jamais je n'aurais imaginé discuter de trucs pareils. Mais Ariel... nous savons toutes les deux que c'est la vérité. Et ce n'est pas *toi* qui es en cause, c'est *ça*, conclut-elle en lui fourrant le bijou sous le nez. Tu dois t'en séparer. C'est moi qui vais le garder et comme ça, nous allons pouvoir rentrer à Babylon.

— Pas question ! se récria Ariel. Je ne remettrai jamais les pieds là-bas. Pas après ce qui s'est passé !

— Mais il le faut ! Tu ne comprends pas ? Nous allons rentrer et tout le monde verra que sans le collier tu ne possèdes pas tous ces pouvoirs. Nous prouverons que ce n'est pas toi le Démon !

— Et si on s'en débarrassait plutôt ? proposa Ariel d'une voix plaintive. Il est maléfique. On l'enterrerait dans un coin et...

— Non, protesta Leslie. Si on s'en débarrasse, nous aurons perdu. Personne ne saura jamais que c'était la faute du collier et pas la tienne. Ce sera la victoire du Démon, tu comprends ?

Ariel renifla. Leslie avait peut-être raison. Elle lorgna sur le pendentif. Si ça se trouve, je suis *vraiment* accro à ce truc, songea-t-elle. Cette idée lui donna la nausée. Mais que faire ? Si c'était la vérité, elle n'était rien d'autre qu'une toxicomane. Les toxicomanes étaient incapables de se désaccoutumer seuls ; ils avaient besoin d'une assistance médicale, de cures de désintoxication. Et là, l'ennemi, c'était une drogue, pas une espèce de pouvoir maléfique terrifiant.

Elle haussa les épaules. Elle savait ce qui se passerait si elle retournait à Babylon. Les Fondus de l'Élue les attaqueraient et l'une ou l'autre y laisserait sa peau.

— Désolée, murmura-t-elle d'une voix tremblante, je ne peux pas retourner là-bas. C'est au-dessus de mes forces.

Leslie se leva.

— Je ne peux pas te laisser faire ça, Ariel. Tout le monde s'imagine que tu es le Démon, ce qui signifie que le vrai Démon se balade tranquillement dans la nature et personne ne s'en doute. Il faut que tu leur prouves la vérité. Pour toi, pour moi. Pour tous les survivants.

CHAPITRE DIX

Septembre

Babylon, Washington.
Nuit du 20 septembre.

QUAND Caleb Walker découvrit le bocal rempli à ras bord d'eau-de-vie maison planqué dans un des labos, il sauta presque au plafond. Quel pied ! Il allait pouvoir enfin se rincer la dalle. Il fourra le bocal sous sa chemise en rigolant. On aurait dit de l'eau, mais Jezebel lui avait raconté les petits secrets des copains de Trevor : ils distillaient de l'alcool de pommes en cachette du grand manitou. Futé, non ? Ça le rasséréna un peu à son sujet. Apparemment, même les crânes d'œuf aimaient lâcher un peu de vapeur de temps en temps.

Alors qu'il regagnait le couloir sombre, il eut comme une révélation : il n'avait rien bu depuis presque trois semaines.

Il s'arrêta net et dodelina de la tête. Non seulement, il avait tenu le choc sans picoler, mais il n'avait pas non plus pris de dope. Il était complètement clean. Impressionnant. Il n'avait même pas *pensé* à se défoncer, trop occupé qu'il était à éviter Jezebel et à aider Trevor à réparer la radio. Bref, il avait lui aussi vécu comme un crâne d'œuf.

Et au bout du compte, ce n'était pas si terrible. En fait, les câblages, les fréquences radio, les ohms et tout le bazar, c'était plutôt cool. Pour la première fois de sa vie, il avait le sentiment d'avoir *appris* quelque chose, et pas seulement à marquer un panier au basket ou à vider une bière en trois secondes chrono. Là, il s'agissait d'électronique. C'était du sérieux. Et il voudrait se remettre à picoler ?

Non, sans façon.

Ça fait du bien par où ça passe, c'est sûr, songea-t-il. Mais il appréciait déjà moins la gueule de bois. Il avait oublié dans quel état pitoyable il se réveillait le matin : la bouche pâteuse, l'envie de gerber, la sensation horrible que son cerveau allait exploser. Et puis, ces derniers temps, il dormait comme une masse. Il se souvenait même à nouveau de ses rêves, comme quand il était gamin...

Caleb tira le bocal de dessous sa chemise. Il ne voulait pas de ce truc. Non, merci. Mais il dévissa le couvercle et renifla un coup, juste histoire de se faire une idée. La vache ! Il eut un haut-le-cœur. Ca puait la térébenthine. Pas question qu'il avale cette saloperie. Il jeta un coup d'œil à droite et à gauche dans le couloir. Son regard s'arrêta sur une porte marquée « Matériel de nettoyage ». Parfait. Ce tord-boyaux serait idéal pour laver le carrelage ou désinfecter les chiottes. Il s'avança vers la porte et l'ouvrit en grand.

— Eh ! fit une voix à l'intérieur.

Caleb se pétrifia. Son cœur jouait les tambours du Bronx. C'était l'Élue. Qu'est-ce qu'elle fichait dans ce placard ? En tout cas, ça n'avait pas l'air de la déranger. Assise en tailleur au milieu des serpillières, des balais et des seaux, elle était penchée sur son étrange parchemin, à la lumière vacillante d'une bougie posée sur une étagère. Elle laissa échapper un soupir en se tapotant le cœur.

— Désolée pour le hurlement, dit-elle avec un sourire mal assuré. Tu m'as fait une de ces peurs.

Caleb la regarda bouche bée, incapable de trouver ses mots. *Il* lui avait fait peur ? Est-ce qu'elle se doutait qu'il venait d'échapper de justesse à la crise cardiaque ?

— Qu'est-ce que tu fais là ? demanda-t-elle.

— J'allais te poser la même question, marmonna-t-il.

Le sourire de Sarah s'élargit.

— J'essaie juste d'être un peu tranquille.

Il s'empourpra.

— Euh... désolé.

— Non, non, se récria-t-elle en riant. Ce n'est pas à cause de *toi*. En fait, ça tombe plutôt bien que tu m'aies trouvée. Rentre et ferme la porte, tu veux ? ajouta-t-elle en baissant la voix.

— Euh... oui.

Il pivota d'un bloc et heurta maladroitement le battant avec l'épaule. La porte claqua sur eux. *Reste cool*, se dit-il, les mains moites. Facile à dire. On était sacrément à l'étroit dans ce placard. Et comme toujours, la présence de cette fille le mettait mal à l'aise. D'abord, il ne savait même pas comment l'appeler. Par son prénom ? Ou bien « l'Élue » ? Quelque part, ça fichait les jetons, comme si elle était le gourou d'une secte. « Madame » peut-être ? Ridicule, elle avait le même âge que lui. Difficile à croire pourtant. Elle faisait beaucoup plus mûre que toutes les filles de dix-huit ans de sa connaissance.

— Ça va ? s'inquiéta-t-elle. Tu n'as pas l'air dans ton assiette.

— Si, si... ça va, mentit-il en s'agitant avec tant de nervosité que l'eau-de-vie clapota dans le bocal. Je suis juste venu jeter ce truc.

Sarah jeta un regard intrigué au récipient.

— Qu'est-ce que c'est ?

— C'est... euh...

Bien joué. Maintenant, elle va sûrement penser que je suis alcoolo.

Elle esquissa un sourire timide.

— C'est de... *l'alcool* ?

— En fait... j'en sais trop rien... bredouilla Caleb qui ne savait pas sur quel pied danser.

— Tu sais, j'étais justement en train de penser que je boirais bien un verre de vin blanc, poursuivit Sarah, les yeux perdus dans le vague. Mon grand-oncle en servait toujours au dîner. Ça exaspérait mes parents, ajouta-t-elle avec un sourire. Pour eux, pas d'alcool avant vingt et un ans. Ils n'ont jamais compris la mentalité israélienne.

Caleb répondit par un rire forcé. Il n'avait aucune idée de ce qu'elle racontait. À part qu'elle aimait le pinard. Il ne devrait peut-être pas balancer le bocal après tout. Si le nouveau Messie n'était pas contre un petit verre de temps en temps, il allait sans doute devoir reconsidérer sa toute récente résolution.

— Viens t'asseoir, lui dit-elle en tapotant le linoléum à côté d'elle.

Caleb respira un bon coup et s'exécuta sans enthousiasme. *Détends-toi, Caleb.* Réflexion faite, ce n'était pas si terrible. L'Élue était plutôt cool, même s'il la trouvait un peu bizarre. Mais bon, il avait connu pas mal de nanas bizarres dans sa courte vie. Sauf qu'elle n'était pas une *nana*. C'était une fille à part. L'Élue, bon sang ! C'était un honneur d'être assis à côté d'elle. Beaucoup auraient fait n'importe quoi pour être à sa place. Surtout dans *cette* ville.

— Je ne crois pas qu'il y ait une poubelle ici, lui dit-elle.

Il la dévisagea avec perplexité.

— Euh... quoi ?

Elle désigna le bocal posé sur ses genoux.

— Pour jeter ça.

— Ah bon ? fit-il avec un rire nerveux. Ben... c'est pas grave.

Un ange passa.

— Caleb, j'ai à te parler, annonça soudain Sarah en baissant les yeux. Et ce que je vais te dire ne doit pas sortir d'ici, d'accord ?

Une boule se forma dans la gorge de Caleb. Tant mieux qu'il n'ait pas pu se débarrasser du tord-boyaux. Un petit remontant semblait de plus en plus d'actualité.

— Euh... d'accord.

— Je sais que tu es ami avec Jezebel, alors ne le prends pas mal, mais je...

— On n'est pas amis, la coupa-t-il d'un ton catégorique. Excuse de t'avoir interrompue, mais il fallait que ça sorte. Je déteste cette fille.

Sarah faillit dire quelque chose, puis se ravisa.

— Elle n'arrête pas de délirer grave, ajouta Caleb.

— C'est ce qu'il m'a semblé remarquer, répondit Sarah qui posa les yeux sur le parchemin. C'est un des points dont je voulais discuter avec toi. Il y a quelque chose dans ces prophéties...

Elle laissa sa phrase en suspens.

Caleb se mit à avoir la bougeotte. Il détestait ces histoires de magie et de prédictions. L'idée que l'avenir puisse être décidé à l'avance lui filait les jetons. Il jeta un coup d'œil au vieux parchemin. Comment pouvait-on comprendre ce charabia ? Ça ne ressemblait pas à des lettres. On aurait dit que quelqu'un avait trempé les pattes d'une batterie de poules dans l'encre et les avait laissées cavaler sur le papier.

— J'ai une question à te poser, reprit Sarah qui se pencha sur le parchemin et passa l'index de droite à gauche sur une des lignes. Le mois dernier, est-ce que Jezebel t'a dit quelque chose à propos des Visionnaires ?

Caleb haussa les épaules.

— Je m'en souviens pas vraiment. Mais je crois que non. Je n'ai pas arrêté de l'éviter.

Sarah hocha la tête d'un air absent.

— Oui, je sais.

Elle fit pivoter les baguettes et déroula un autre passage.

— Et en juin ? As-tu remarqué si Jezebel devenait... plus étrange ? Plus *puissante* ? Trevor m'a dit qu'elle lit dans les pensées. D'après lui, ses pouvoirs psychiques se sont renforcés en juin.

Caleb garda le silence, au comble du malaise. Oui, il avait remarqué quelque chose de bizarre en juin. Il se souvenait de la date, parce que c'était environ une semaine avant la fête de l'Indépendance, le 4-Juillet. Mais hors de question d'en parler à Sarah Levy. C'était le jour où Jezebel était venue le voir pour la première fois et l'avait forcé à coucher avec elle. Il avait essayé de résister et, pourtant, elle avait fini par avoir le dessus.

— Si tu ne t'en souviens pas, ce n'est pas grave, le rassura Sarah avec douceur en lui tapotant l'épaule. Désolée de t'avoir embêté.

— Non, non, ça va, fit-il, soulagé que ça en reste là. Je peux te poser une question ? reprit-il après un temps d'arrêt. Pourquoi t'intéresses-tu à Jezebel ? Elle est dans ton parchemin ?

— C'est ce que je suis en train d'essayer de découvrir, répondit Sarah avec un haussement d'épaules.

Caleb la dévisagea.

— Qu'est-ce que tu veux dire ?

Sarah pâlit.

— Je ne sais pas si tu es prêt à l'entendre.

— Bien sûr que si.

Son pouls s'était accéléré. Quelque chose dans l'attitude de Sarah, cette façon qu'elle avait d'éviter son regard, lui faisait craindre le pire.

— Vas-y, raconte.

Elle se tourna vers lui. Malgré la pénombre, il lut l'inquiétude dans ses yeux cachés derrière ses lunettes ringardes.

— Je vais être honnête avec toi, Caleb. Ne le prends pas mal, mais je sais que tu es sorti avec Ariel et Jezebel. Je pense que nous nous sommes tous trompés au sujet d'Ariel.

À mon avis, ce n'est pas elle le Démon. Il lui a jeté un sort pour *faire croire* que c'est elle.

Caleb réprima un haut-le-cœur.

— Tu penses que le Démon, c'est Jezebel, murmura-t-il, horrifié.

Sarah lui tapota à nouveau l'épaule.

— Je n'ai pas encore de certitude. Je voulais juste... que tu connaisses mon opinion.

Il ne put que hocher la tête. L'espace d'un instant, il crut qu'il allait gerber sur son parchemin. Il fallait qu'il sorte d'ici. Dans ce trou à rats, il devenait claustrophobe. Il avait les jambes en coton, mais se força à se relever.

— Je... euh... je crois que je vais y aller.

— Je comprends, dit Sarah d'une voix réconfortante. Je suis désolée, Caleb. Je sais que tu dois traverser un passage difficile en ce moment...

— C'est bon, je tiens le coup, bougonna-t-il.

Il n'était pas d'humeur à encaisser du jargon de psy en ce moment, pas même de la part de l'Élue. Non, ce qu'il lui fallait, c'était un verre. Même si ça avait le goût de pisse d'âne. Il ouvrit la porte.

— À plus.

— Fais attention à toi, d'accord ? murmura-t-elle.

— D'accord.

Il referma la porte derrière lui et s'appuya contre le battant, les yeux fermés. *Qu'est-ce que j'ai fait, bon Dieu ?* Son cœur galopait dans sa poitrine. Il aurait dû se fier à son instinct. Il *savait* que Jez...

— Salut, Caleb.

Le bocal lui glissa des mains et se brisa sur le carrelage, projetant des éclats de verre et de l'eau-de-vie partout dans le couloir.

Tout juste s'il s'en aperçut. Il fit volte-face et se retrouva nez à nez avec Jezebel.

— Alors comme ça, tu bois en cachette dans un placard ?

Elle claqua la langue avec un sourire en coin.

— Le grand manitou ne va pas aimer ça du tout.

Caleb cligna des yeux. Reste calme, s'adjura-t-il, les neurones en ébullition. Apparemment, Jezebel ne savait pas que l'Élue se trouvait dans le placard. Elle croyait juste qu'il prenait une biture. Pas de problème, sa réputation supporterait le choc. Mais il fallait l'éloigner de cette porte au plus vite.

— Pourquoi es-tu si nerveux ? demanda-t-elle. Je me fiche que tu t'éclates. Enfin bon... je suis un peu vexée que tu ne m'aies pas invitée à me joindre à toi, minauda-t-elle avec un regard suggestif.

— Je... euh... j'allais justement te chercher, bafouilla-t-il en s'arrachant un sourire. Viens.

Il l'agrippa par le bras et l'entraîna vers le labo où il avait découvert le bocal.

— Il y en a plein d'autres dans...

— Arrête de me mentir, Caleb.

Il se figea.

— Quoi ?

Jezebel se libéra d'un geste brusque, le regard glacial.

— Tu n'allais pas me chercher. Tu complotais contre moi.

— Non, c'est pas vrai ! se récria-t-il avec une véhémence peu convaincante en secouant la tête, au bord de la nausée. J'étais juste... euh... tu sais bien... en train de boire un coup.

— C'est ça ! Dans le placard de la femme de ménage ! s'exclama-t-elle en haussant les sourcils. À d'autres !

— Je... je voulais pas que Trevor me trouve, insista Caleb.

Elle le sonda d'un regard pénétrant qui le tétanisa.

— Je sais que ça a un rapport avec l'Élue et son parchemin. Je le *sais* ! Elle a changé d'avis au sujet d'Ariel, hein ? Maintenant, elle croit que c'est *moi* le Démon. Depuis qu'elle est arrivée ici, elle n'a pas cessé de te monter contre moi. Toi et tous les Visionnaires !

Caleb frissonna. Jezebel parlait des Visionnaires, exactement comme l'avait prédit l'Élue. Il se mit à trembler de tout son corps sans pouvoir s'arrêter.

— Tu te trompes, lâcha-t-il dans un souffle. C'est pas vrai...

— Oh si, c'est vrai, répondit Jezebel.

Elle sourit, mais son regard demeura de glace.

— Mais ne t'inquiète pas, Caleb. Sarah et son stupide parchemin ne nous feront pas obstacle longtemps. Je te le promets.

TROISIÈME PARTIE
Septembre

du 21 au 30 septembre 1999

Neuvième cycle lunaire

Naamah avait de quoi se réjouir. De tous les subterfuges dont elle avait usé, celui-ci était de loin le plus abouti.

Sa fausse « vision » avait scellé le destin d'un millier de Visionnaires. Un minutage parfait. Les avalanches prévues s'étaient déclenchées à point nommé. Wurf avait brillamment fait la preuve de ses pouvoirs... pour la dernière fois. Et sur l'ordre de Naamah, ses fidèles s'étaient dispersés dans toutes les directions. Ils allaient porter la bonne parole avec enthousiasme et rallier tous ceux qui étaient à la recherche de l'Élue, avec comme unique conséquence de les précipiter vers leur anéantissement.

Bien sûr, il resterait quelques sceptiques, quelques individualistes qui n'auraient que faire de la bénédiction du Guérisseur. Mais les messages radio du Lilum viendraient à bout des récalcitrants, comme les spots publicitaires des troisième, quatrième et cinquième cycles lunaires avaient conduit les Visionnaires au massacre, à New York.

Naamah pouvait enfin se détendre. Avec ses sœurs, elle entrait dans la phase finale du compte à rebours. Les contretemps du dernier cycle lunaire étaient oubliés. Le plan se déroulait à nouveau normalement. Désormais, le Lilum était à l'abri des incidents de parcours. Les prophéties des trois derniers cycles s'accompliraient jusqu'à la dernière. Les catastrophes que dissimulaient les codes serviraient les desseins de Lilith. Comme l'avaient fait les avalanches.

Bientôt, Naamah lèverait les yeux vers son maître pour la première fois.

Bientôt, elle se prosternerait devant Lilith.

Bientôt, elle l'étreindrait, chair contre chair.

Une seule incertitude demeurait : l'emplacement du parchemin. Mais les craintes de Naamah commençaient à s'apaiser. Si Aviva avait péri, alors il y avait toutes les chances pour que Sarah Levy et John Porter aient subi le même sort. Ce n'étaient pas les risques qui manquaient : ils avaient pu avoir un accident de voiture, se faire tuer par des pillards, mourir de faim... A quoi bon s'interroger ? La probabilité que le parchemin refasse surface était négligeable.

Ainsi, le périple de Naamah sous les traits de Linda Altman prendrait bientôt fin. Le moment était presque venu de révéler sa véritable identité à Wurf. Dommage... Elle allait regretter son rôle. C'était si excitant d'être ainsi dans la peau d'une autre, de risquer à tout instant d'être démasquée...

Mais elle allait surtout regretter Harold Wurf. Elle s'était tellement amusée à le mener en bateau. La mégalomanie de ce garçon ne connaissait aucune limite. Elle avait hâte de voir sa tête quand il apprendrait la vérité... sur lui-même, bien sûr, mais avant tout sur sa contribution involontaire à la victoire du Démon.

Par chance, elle n'aurait plus longtemps à attendre.

Il y a trois mille ans, Lilith avait fait preuve d'une immense sagesse en choisissant ce continent pour son retour triomphal. C'était un pays d'une beauté incomparable, avec ses villes scintillantes, ses forêts luxuriantes, ses plaines immenses et ses chaînes de montagnes grandioses. Chacun de ces paysages représentait une victoire. L'extermination des Visionnaires avait été une chorégraphie subtile, une danse de la mort à échelle planétaire. Une danse dirigée par la main invisible de Lilith.

La longue campagne commencée le soir du Nouvel An était proche de son aboutissement. Le Paradis attendait Naamah et ses sœurs.

Et seul le Lilum et ses sujets vivraient son avènement.

CHAPITRE ONZE

Septembre

Campus de l'Institut de Technologie,
Babylon, Washington.
Matin du 21 septembre.

— Tu veux dire que...

— Ta sœur n'est pas le Démon, murmura Sarah.

Trevor fixait le parchemin étalé devant lui. Il avait beau essayer, il ne parvenait pas à s'en convaincre. Les paroles de Sarah étaient aussi dénuées de sens que le réseau dense de caractères hébraïques qu'il avait sous les yeux. Il était même incapable de dire ce qu'il *ressentait*... à part une oppression diffuse au niveau de la poitrine. Si Sarah avait raison, c'était sa vie tout entière qui basculerait dans le chaos. Toutes ses convictions sur lui-même, sa famille, ses amis, voleraient en éclats. Et il ne pouvait survivre sans.

— Tu... tu en es sûr ? finit-il par bredouiller.

Sarah soupira.

— À quatre-vingt-dix-neuf pour cent. Sinon, je ne t'aurais rien dit.

C'est impossible, se répéta Trevor. La douleur entre ses côtes s'intensifia. Il avait pourtant la certitude que sa sœur était le Démon. Une certitude inébranlable.

— Tout concorde, ajouta Sarah d'une voix calme. Le comportement de Jezebel correspond aux prophéties de ce cycle lunaire. Ariel n'est même pas *là* pour me harceler. Et le mois dernier, le texte prédisait que je serais débarrassée du traître, ce qui s'est produit. Et aussi que le Démon contre-attaquerait par la magie.

Trevor secoua la tête, incapable de quitter le parchemin des yeux. Il avait l'impression d'être égaré dans un labyrinthe, sans aucune possibilité de fuite. À chaque détour, il se heurtait à une nouvelle impasse de plus en plus aberrante.

— Je ne comprends rien à ce que tu racontes, bougonna-t-il.

— Jezebel a contre-attaqué en me montant contre Ariel pour me détourner d'elle-même.

— Mais comment ?

— Grâce à ses pouvoirs. J'ignore comment, mais elle a maintenu Ariel en vie, quand elle l'a poignardée, expliqua Sarah. Je suis sûre que...

— Tu ne peux être sûre de rien, la coupa Trevor.

Il avait l'impression que les mots étaient sortis de la bouche d'un autre. Pourquoi la contredisait-il ? Pourquoi s'accrochait-il avec un tel acharnement à la conviction que sa propre sœur était le Démon ? Ça aurait dû être le contraire. Il aurait dû bondir de joie au plafond. Et pourtant, il était terrifié. Il n'arrivait pas à admettre qu'il avait cru en un mensonge. Un mensonge effroyable qui avait scellé sa haine envers le seul autre survivant de sa famille. Mais qui pourrait admettre une ignominie pareille ?

— Tout concorde, répéta Sarah.

— Mais elle a tué ma mère, marmonna Trevor, comme pour lui-même. J'ai tout vu. Elle a jeté le sèche-cheveux dans la baignoire et a électrocuté maman.

Une boule se forma dans sa gorge et ses yeux s'embuèrent.

— Tu ne comprends pas ? murmura-t-il avec un tremblement dans la voix. Elle est mauvaise depuis *toujours*. Toujours...

Sarah posa une main sur son épaule.

— Je ne prétends pas que ta sœur est un ange. Je dis seulement qu'elle n'est pas ce que tout le monde affirme. Et même si elle a...

Elle laissa sa phrase en suspens.

Trevor se tourna vers elle.

— Même si elle a quoi ? demanda-t-il d'une voix blanche.

— Même si elle a tué ta mère, ça ne signifie pas pour autant qu'elle est le Démon, répondit Sarah, mal à l'aise. Le Démon n'est présent sur terre que depuis cinq mois, tout au moins sous sa forme humaine. Les horreurs commises dans le passé par Ariel auraient tendance à en faire un bouc émissaire plus crédible. Tu vois ce que je veux dire ?

Je ne sais pas. Les secondes s'égrenèrent en silence. Trevor gardait la tête baissée, incapable de répondre, ni même de regarder Sarah dans les yeux. Jamais il n'avait désiré aussi ardemment se trouver loin de Babylon, loin de ce labo minable, de ce campus, de ce flot de révélations de plus en plus horrifiantes. Comme sa vie serait simple s'il n'était qu'un anonyme dans un bled perdu, coulant des jours paisibles dans une totale ignorance jusqu'à la désintégration, à ses vingt et un ans. Enfin bon... Encore un peu de patience. Il n'avait plus que quelques mois à attendre.

J'ai sous-estimé Jezebel. J'ai cru qu'elle était une fille frivole et égoïste comme tant d'autres. J'ai cru à une relation simple, donnant-donnant. En fait, elle m'a manipulé depuis le premier jour. Moi et tous les gens de cette ville.

— Que dit Caleb de tout ça ? demanda-t-il d'une voix lasse. Tu lui as parlé ?

Sarah hocha la tête.

— Oui, hier soir. Ça l'a drôlement secoué, lui aussi. Jezebel a failli tout entendre, ajouta-t-elle en frissonnant. Voilà pourquoi je me suis assurée qu'elle n'était pas dans les parages avant de venir te voir...

Des pas pressés claquèrent dans le couloir.

Trevor se figea. *Jezebel.*

— Eh, vous êtes là ?

Ouf, c'était Caleb. Il fit irruption dans le laboratoire comme un fou. Ses yeux hagards luisaient d'exultation.

— Venez vite ! cria-t-il, à bout de souffle. Il faut que vous entendiez ça ! L'antidote ! Ils l'ont trouvé !

Il ressortit dans le couloir en courant. Trevor échangea un regard sidéré avec Sarah. Sans perdre une seconde, ils se précipitèrent à sa suite et montèrent quatre à quatre jusqu'au labo où se trouvait la radio.

— Écoutez ça ! s'écria Caleb qui trépignait presque de surexcitation. Y a un type qui parle !

Il se pencha sur la radio. Les sourcils froncés, Trevor s'approcha de la table avec Sarah. Au début, ils n'entendirent que des parasites, mais Caleb ajusta l'amplitude. Une voix lointaine grésilla dans le haut-parleur.

... mélanger l'extrait liquide d'échinacéa à l'eau bouillante. Une tasse pour cinq litres. Puis ajouter la demi-livre de navets.

Des navets ? C'était un canular ou quoi ? Les espoirs de Trevor s'envolèrent. Comment Caleb pouvait-il être aussi naïf ? Quel idiot ! Il y avait fort à parier que ce message était du même acabit que ceux qui incitaient les survivants à se rassembler au mont Rainier.

Assurez-vous que les navets sont mûrs, tendres et charnus, poursuivit la voix. *Les rutabagas en boîte ne conviennent pas, car les polluants chimiques...*

— Ô mon Dieu ! s'exclama soudain Sarah.

Trevor sursauta, paniqué.

— Quoi ? Qu'est-ce qu'il y a ?

— Cette voix ! lâcha-t-elle dans un souffle, l'index pointé sur la radio. C'est... C'est mon frère !

Son frère ? Trevor et Caleb échangèrent un regard sidéré.

... attendons confirmation réception. Émettez S.V.P. sur dix mégahertz a.m. Terminé.

À nouveau les parasites.

— Monte le son ! cria Sarah en sautant sur place, folle de joie. Monte le son ! Est-ce qu'il y a moyen de lui parler ?

— Je... euh... je l'espère, bafouilla Trevor, un peu paniqué.

Tout allait si vite. Il avait du mal à suivre. Il ne savait même pas que Sarah avait un frère. Et il n'était pas certain que la radio soit en état d'émettre. Il reconnecta l'oscillateur et brancha le micro d'une vieille CB. Dix mégahertz a.m... Ça se trouvait sur les ondes courtes, en bande de haute fréquence. Le message provenait donc probablement d'un pays étranger, peut-être très lointain. D'un doigt, il actionna le commutateur. Les parasites se turent.

— Eh ! protesta Sarah. Qu'est-ce que tu fais ? Je croyais que...

— On ne peut pas émettre et recevoir en même temps, expliqua-t-il. Voilà pourquoi ton frère a dit « terminé ». Il attend une réponse.

Il régla l'onde porteuse sur le signal d'arrivée, puis lui tendit le micro.

— Tiens, maintenant tu peux y aller.

— Josh ? cria Sarah, les doigts crispés sur le plastique noir. Josh, tu m'entends ? C'est moi, Sarah !

Pas de réponse.

— Josh, c'est Sarah ! répéta-t-elle avec angoisse.

— Tu dois dire « terminé », lui expliqua Trevor.

— Terminé ! terminé ! cria-t-elle. Josh...

Trevor repassa en mode réception. Il avait les mains moites. L'hystérie de Sarah était contagieuse. Il retint son souffle. Seul le bruit blanc faisait vibrer le petit haut-parleur.

— *Sarah ?* fit soudain une voix incrédule. *C'est vraiment toi ?*

— Oui ! cria Sarah qui poussa Trevor et actionna le bouton elle-même.

— C'est moi, Josh ! C'est bien moi ! Où es-tu ?

Elle fit basculer fébrilement le commutateur.

— *En Russie !* s'exclama la voix en riant. *Dans une base militaire...* (Sa phrase se perdit dans un sifflement suraigu.) *... à croire que tu es en vie ! Et toi, où es-tu ? Terminé.*

Sarah secoua la tête.

— Aux États-Unis, près de Seattle, répondit-elle, les joues baignées de larmes. Oh, Josh, je croyais que tu étais mort...

Trevor la dévisagea, médusé. Il n'en croyait pas ses oreilles. L'Élue vivait des retrouvailles familiales sur les ondes ! Sans qu'il pût se l'expliquer, cette situation suscita en lui un profond malaise. Il se boucha les oreilles, incapable d'en entendre davantage. C'était trop intense, trop émouvant.

Il fixait obstinément le sol. *Ariel.* Sa propre sœur. La seule famille qui lui restait. Il n'arrivait pas à la chasser de son esprit. Il la détestait. Et pourtant, il ne pouvait s'empêcher d'imaginer un scénario improbable dans lequel *eux aussi* seraient réunis : tout serait pardonné, tout redeviendrait comme avant. Avant la mort de maman...

Mais non, ça n'avait aucun sens. Ariel avait *assassiné* leur mère. Désemparé, il sentit les larmes lui monter aux yeux. Et s'il s'agissait *effectivement* d'un accident ? Il n'avait jamais laissé à Ariel la moindre chance de s'expliquer.

— *Sarah, nous savons comment fabriquer l'antidote !* annonça Josh, triomphant. *Terminé.*

Trevor fit un bond. Il avait presque oublié pourquoi ils avaient accouru ici comme des fous. Ce n'était donc pas un canular. Ce gamin était le propre frère de l'Élue. Il essuya ses yeux rougis et chercha fébrilement un stylo. Vite, de quoi noter !

— Vas-y, Josh ! On t'écoute ! le pressa Sarah.

S'ensuivirent quelques secondes d'un silence insupportable.

— *Les filles en toge noire ont déclenché la mise à feu d'un arsenal de missiles, ici en Russie,* expliqua enfin Josh. *Des missiles armés d'ogives biologiques au pouvoir destructeur fou-*

droyant. C'est ça qui a provoqué l'épidémie à l'échelle planétaire. Les adolescents sont immunisés grâce à un fort taux d'hormones dans le sang. Ne me demande pas de t'expliquer les subtilités. Heureusement, les Russes avaient aussi mis au point l'antidote...

Des armes biologiques. Trevor hocha la tête d'un air sombre. Il s'en doutait depuis le début. Mais comment des hormones pouvaient-elles assurer une quelconque immunité ?

— *... porter de l'eau à ébullition. Beaucoup d'eau, au moins cinquante litres,* continua Josh. *Puis on ajoute de l'échinacéa en petite quantité. Une tasse pour cinq litres. Il renferme un composant chimique naturel qui se synthétise à haute température avec une substance contenue dans les racines de navets. Ensuite, y jeter les navets et les faire bouillir au moins quatre heures. Et enfin faire sécher les racines au soleil. Ça pue, c'est horrible, mais...*

À cet instant, un bruit sec interrompit la communication.

Trevor fronça les sourcils, croyant que la fragile radio avait lâché. Puis ils entendirent des claquements assourdis en rafales, suivis de cris étouffés.

— Josh ? murmura Sarah, les yeux écarquillés.

Un hurlement terrifiant fit vibrer le haut-parleur. Trevor blêmit. *Oh non !* Seul le grésillement des parasites troublait le silence de mort qui s'était abattu sur le labo. Personne n'osait bouger, ni même respirer...

— *Inutile de rappeler ce numéro, il n'y a plus d'abonné*, fit soudain une voix sèche à l'autre bout de la ligne. Une voix de fille teintée d'un fort accent britannique.

Il y eut un dernier craquement. Puis plus rien.

CHAPITRE DOUZE
Septembre

Route 90,
entre Spokane et Babylon, Washington.
Du 22 au 29 septembre.

22 septembre

Aujourd'hui, j'ai fait un truc que je n'aurais jamais pensé faire.

J'ai mis du sucre dans un réservoir de voiture. Dans celui de la voiture de Leslie, pour être plus précise.

Et ça a marché ! Je n'arrive pas à y croire. J'étais plutôt fière de moi. (J'espère seulement qu'elle ne va pas piger le truc.) Quand elle a tourné la clé de contact, le moteur a fait un couinement atroce, puis plus rien. La voiture est morte. Kaput. Et voilà le travail ! On est coincées en pleine cambrousse, à plusieurs centaines de kilomètres de la ville où Leslie s'obstine à retourner !

Quel soulagement, vous ne pouvez pas savoir ! Elle s'était mis en tête de me ramener à Babylon aujourd'hui. D'abord, j'ai fait semblant d'être malade pour faire traîner les choses. Enfin bon, je n'ai pas vraiment fait semblant. J'ai avalé une vieille boîte de thon en espérant attraper une intoxication alimentaire. Devinez quoi ? Ça a marché aussi. J'ai des plans d'enfer, ces temps-ci. Bref, j'ai vomi mes tripes pendant une bonne journée avec au moins quarante de fièvre. Sérieux. J'en avais des hallucinations. Mais maintenant, ça va.

J'ai la trouille. C'est humain, non ?

23 septembre

J'ai fait une énorme erreur en bousillant la voiture. Maintenant, on rentre à Babylon à pied. Une idée de Leslie, bien sûr. Cette fille me sidère. Pour garder la forme, quoi de mieux qu'une petite randonnée à travers tout un État ?

Je pense beaucoup au collier. Mais il ne me manque plus. Plus du tout. Ça a été dur les premiers jours. Maintenant, je suis complètement zen. Je suppose que j'étais vraiment accro. Il a juste fallu arrêter net. Mais la désintox a réussi. Leslie peut le garder, je m'en contrefiche. Sans vouloir lui gâcher son plaisir, je me rends compte pour la première fois à quel point ce truc est hideux. Je le savais avant, bien sûr, mais maintenant j'ai l'impression de le regarder avec objectivité (pour citer le mot favori de Leslie).

Je la surveille discrètement. Je guette le moindre changement dans son comportement. Mais si le collier a un effet sur elle, ça ne se voit pas. Elle reste la même. Une chose est sûre : elle a toujours son humour bidonnant, un peu à côté de la plaque.

Exemple : cet après-midi, on a découvert un camion entier rempli de vieux costumes de clown. Il faisait sans doute partie d'un cirque. Bref, Leslie a absolument tenu à enfiler un costume jaune à pois rouges ridicule avec un grand jabot. Il était dix fois trop grand pour elle. Puis elle s'est mise à me courir autour en braillant à pleins poumons : « Figaro ci, Figaro là ! Figaro ! Figaro ! Figaro ! » Du pur Leslie.

Je ne sais pas si c'est bien ou non qu'elle ne change pas. Je préfère ne pas trop me casser la tête avec ça. La rigolade avant tout. Ça vaut mieux, non ?

24 septembre

La nuit dernière, il m'est arrivé un truc vraiment bizarre. J'ai fait un rêve dingue qui m'a laissé une drôle d'impression. Comme quand une odeur vous rappelle quelque chose d'agréable qui s'est passé il y a très longtemps.

Ces derniers temps, j'ai fait beaucoup de rêves bizarres. En fait, depuis que j'ai arrêté de porter le collier. En général, ils sont totalement surréalistes : je vole dans les airs ou je parle à quelqu'un qui change d'identité sans cesse. Et en général, je m'en souviens très bien le matin. Celui-ci était différent. J'en ai un souvenir flou et très incomplet.

J'étais dans une grotte ou un genre de pièce sombre. Je parlais à quelqu'un qui était ma meilleure amie. Mais je lui tournais le dos tout le temps. Apparemment, je ne pouvais pas me retourner. Il y avait un grand feu. Je n'arrêtais pas de le regarder. À aucun moment, je n'ai vu le visage de la fille. Je ne sais même pas à quoi elle ressemblait. Mais ce n'était pas Leslie. C'était une fille que je connaissais depuis toujours, mais que je n'avais jamais rencontrée. Je sais, ça ne tient pas debout, mais qu'est-ce que j'y peux ? Elle me semblait si... familière. Nous avons parlé tout le temps d'un truc grave qui allait se produire. Je ne me souviens plus de quoi.

Je sais ce que vous allez dire : Ariel hallucine grave. Bon allez, c'est noté : j'oublie ce que je viens d'écrire. Mieux, j'oublie toute cette histoire. J'ai dû avaler des corn flakes avariés ou un autre truc pas net.

26 septembre

Je me demande si je dois me réjouir ou bien mourir de trouille. Aujourd'hui, on a croisé un petit groupe qui quittait Babylon. Ahurissant, non ? Depuis neuf mois, tout le monde se ruait vers cette ville. Mais j'imagine qu'il n'y a plus de raison d'y rester une fois qu'on a parlé à l'Élue.

À ce qu'ils nous ont dit, elle possède l'antidote contre l'épidémie.

D'abord, je n'en ai pas cru mes oreilles. Mais l'un d'eux nous a montré sa carte d'identité. Il a eu vingt et un ans ce mois-ci. Son visage était couvert d'horribles cicatrices noires. D'après lui, il a commencé à avoir la maladie, mais quelqu'un s'est précipité vers lui et lui a fourré dans la bouche des racines au goût atroce. Et hop, la maladie s'est arrêtée net ! Il est en pleine forme. Il nous a même montré un sac rempli de ces racines bizarres. Ça puait tellement que j'en ai encore la nausée. C'est ça le remède miracle censé rendre immortel ?

J'étais hyper nerveuse, mais personne n'a semblé me reconnaître. Personne ne m'a accusée d'être le Démon. Personne n'a tenté de me poignarder.

Mieux encore, personne ne s'est désintégré.

Alors si ça se trouve... ces racines marchent vraiment.

Leslie, elle, a l'air sceptique. Elle dit qu'il ne faut pas tirer de conclusions hâtives avant d'être sur place et de voir par nous-mêmes.

Mais c'est peut-être juste l'effet du collier.

29 septembre

Demain, c'est le grand jour. Demain, je rentre à la maison. Je n'arrive toujours pas à croire que Leslie a réussi à me convaincre. On passe la nuit dans un endroit tranquille à environ cinq kilomètres du centre commercial d'Old Pine et si ça ne tenait qu'à moi, je resterais là jusqu'à la fin de mes jours. Mais pour Leslie, pas question. Elle est plus catégorique que jamais. Il faut affronter ceux de Babylon. Il faut apprendre la vérité. Je sais qu'elle a raison. Et puis je lui dois d'avoir risqué sa vie pour moi.

C'est bizarre de penser que cette nuit est peut-être la dernière de mon existence. J'ai pourtant eu le même sentiment une bonne centaine de fois depuis quelques mois. Mais je ne sais pas pourquoi, cette fois, j'ai l'impression que le risque n'a jamais été aussi réel.

Je me demande de quoi je vais rêver.

CHAPITRE TREIZE
Septembre

Institut de Technologie,
Babylon, Washington.
Après-midi du 30 septembre.

Une magnifique journée de plus, songea Sarah, accablée. Elle jeta un regard vide par la fenêtre. Dehors, Caleb faisait bouillir sur un grand feu l'antidote aussi miraculeux que pestilentiel pour la foule toujours plus nombreuse qui affluait à Babylon. *Une journée de plus où tout le monde est heureux d'être vivant... sauf moi.*

La boule coincée dans sa gorge l'empêchait de déglutir. Elle avait tellement pleuré qu'elle ne pouvait plus verser une larme. Mais en voyant le sourire radieux de Caleb, elle n'eut qu'une pensée.

Ce sourire a coûté la vie à mon frère.

C'était la vérité. Josh n'aurait pas souhaité qu'elle se montre aussi dure dans son jugement, mais elle ne pouvait s'en empêcher. Sa colère était trop grande. Josh avait sacrifié sa vie pour que d'autres survivent. Il avait sûrement conscience des risques qu'il encourait en diffusant ce message au monde entier. Oh, oui. Il savait de quoi les toges noires étaient capables !

Et il les avait démasquées. Mieux que cela, même : il les avait *vaincues*. Désormais, il existait un remède à la maladie. L'arme la plus terrifiante du Démon avait devenue impuissante. Le nombre des survivants immunisés allait croître peu à peu et la vérité se répandrait comme une traînée de poudre. Les toges noires seraient traquées et éliminées. Exterminées sans merci comme les vulgaires parasites qu'elles étaient...

Et tout cela grâce à son frère.

Sarah serra les poings. Comment se pouvait-il que l'Élue, ce soit *elle* ? À côté de Josh, elle était insignifiante. C'était *lui* le héros, le sauveur.

Quel gâchis... La mort de Josh la rendait folle de rage. Mais elle était tout aussi furieuse contre elle-même. Furieuse de ne lui avoir jamais dit ce qu'elle pensait vraiment de lui. À quel point elle aimait son sens de l'humour, à quel point elle admirait ses convictions et son intelligence. Au lieu de ça, elle n'avait pas cessé de le rembarrer, de se moquer de lui, de le critiquer à tout bout de champ. Une fois, elle l'avait même traité de *mauviette*. Mauviette ! Lui qui s'était sacrifié pour la survie de l'humanité !

Sarah ferma les yeux et serra les paupières de toutes ses forces. Elle devait se racheter. Elle perpétuerait la mémoire de Josh, afin que tous les survivants sachent ce qu'ils lui devaient et qu'ils comprennent l'effroyable tragédie de sa mort...

— Sarah ? Ça va ?

Elle ouvrit les yeux. Trevor se tenait à côté d'elle. Elle ne l'avait même pas entendu entrer. Il lui toucha le bras et la dévisagea avec inquiétude.

— Tu devrais t'asseoir, dit-il en la ramenant avec douceur vers le bureau sur lequel était étalé le parchemin. Repose-toi un peu.

C'est ce que je fais à longueur de temps, songea Sarah, écœurée.

Elle se laissa tomber dans le fauteuil. Elle passait toutes ses journées dans ce bureau à lire et relire les Prophéties. Tous les jours, elle se promettait de ne plus penser à Josh à ce point. En vain. Autant regarder un mur de brique. Jusqu'à présent, elle n'était parvenue à aucun résultat. Zéro. Et invariablement, elle se retrouvait devant la fenêtre à contempler d'un œil morne l'allégresse en contrebas. Et sa rage montait, montait...

— Je sais que c'est dur, murmura Trevor.

— J'aurais presque préféré ne pas lui reparler, avoua-t-elle en secouant la tête. C'est comme... s'il était mort une deuxième fois.

Sa voix se brisa. Elle s'essuya les yeux.

— Je croyais qu'il était mort il y a neuf mois. J'avais fini par le surmonter. Mais ça, c'est... trop.

Trevor la prit dans ses bras. Elle se laissa aller contre lui et pleura.

Sarah s'étonna du réconfort que ce geste de compassion lui apporta. A en juger à la façon dont il la serrait contre lui, il avait besoin de ce contact autant qu'elle-même. Elle ne le connaissait que depuis un mois, mais elle avait noté un changement chez lui. Il lui semblait plus... *humain*. Sa voix elle-même avait changé. Elle n'avait plus ce débit monotone de machine. C'était comme s'il avait commencé à ressentir. Comme si des émotions refoulées au plus profond de lui depuis des années étaient soudain remontées à la surface.

Trevor s'écarta d'elle et prit une profonde inspiration.

— Je crois qu'il faut que tu voies le côté positif, murmura-t-il. Grâce à ce message, Josh a sauvé beaucoup de vies. Il a changé le cours de l'histoire, tu sais.

Sarah hocha la tête, la gorge nouée.

— Et puis tu as pu lui parler une dernière fois, continua-t-il en baissant les yeux. Raccroche-toi à ça. Vous avez communiqué. C'est une chance immense. Je ne sais pas... Je ne sais pas si moi, je l'aurai un jour.

— Que veux-tu dire ? parvint à articuler Sarah.

Trevor se tourna vers la fenêtre.

— Ariel ne reviendra jamais. Quand je t'ai entendue parler à ton frère... je ne sais pas... ça m'a fait comme un déclic.

Il avala sa salive. Ses lèvres tremblaient.

— J'aurais aimé pouvoir dire quelque chose à Ariel... Que je regrette tout ce qui est arrivé...

— Tu le pourras, l'interrompit Sarah. Je te le promets. La nouvelle au sujet de l'antidote commence à se répandre. Quant à moi, il est temps que j'annonce partout la vérité à propos de Jezebel. Fini de me morfondre. Je vais mettre tout le monde au courant de la supercherie. Pas plus tard que maintenant.

Trevor poussa un profond soupir.

— À propos de Jezebel, tu n'as rien remarqué ?

Sarah haussa les sourcils.

— Quoi ?

— Elle n'a pas pointé son nez ici depuis un bon bout de temps. En fait, ajouta-t-il en se mordillant la lèvre inférieure, on peut même dire qu'elle a disparu de la circulation.

Sarah regarda Trevor avec étonnement. Il avait raison. Obsédée par son chagrin, elle ne s'en était pas rendu compte, mais elle n'avait pas vu Jezebel depuis plus de dix jours. Avant même le contact radio avec Josh.

— Son départ n'était pas inscrit dans les Prophéties, n'est-ce pas ? demanda Trevor avec gravité.

— Non.

Troublée, Sarah parcourut fébrilement le parchemin.

— Elle était censée me voler quelque chose. La Clé des Temps futurs.

Trevor haussa les épaules.

— Elle te l'a peut-être déjà volée.

Sarah leva les yeux vers lui, l'esprit en ébullition. Était-ce possible ? Mais *comment* ? Il ne lui manquait rien. Le parchemin était là, devant elle, et son sac à dos, dans son coin habituel. Tout ce qu'elle possédait se trouvait dans ce sac : ses vêtements, son journal. Elle avait ouvert son carnet ce matin même. Non, rien n'avait disparu.

— Ça m'étonnerait, marmonna-t-elle, le front plissé. Toutes mes affaires se trouvent dans cette pièce.

— La Clé des Temps futurs n'est peut-être pas une *chose*, un objet tridimensionnel, suggéra Trevor qui croisa les bras et s'adossa contre le rebord de la fenêtre. Si ça se trouve, il s'agit d'une *idée*. Je me disais... Tu écris tous les jours. Jezebel a peut-être fouillé dans tes affaires et découvert une information importante dans ton journal. C'est peut-être ça la Clé.

Sarah en eut la chair de poule. Même si elle n'était pas forcément d'accord avec l'hypothèse de Trevor, il était néanmoins très probable que Jezebel ait lu son journal. Elle avait passé le plus clair de son temps à se cacher afin de pouvoir lire le parchemin tranquille. Ses autres affaires étaient restées sans surveillance. Oui, c'était ce qui avait dû se passer. Plus elle y réfléchissait, plus elle en était sûre. C'était répugnant. Elle se sentait comme... violée. Qu'y avait-il donc d'important dans ce journal ? Rien de particulier, n'est-ce pas ? Juste ses idées, ses sentiments, des hypothèses... et, bien entendu, la traduction complète des Prophéties.

— Le code, murmura-t-elle, effarée.

Trevor hocha la tête.

— Voilà où je voulais en venir.

Seigneur. Une terrible angoisse étreignit Sarah. Si Jezebel avait lu les Prophéties et déchiffré le code, alors... Alors quoi ? Sarah ignorait ce qui pouvait arriver. Elle n'arrivait même pas à *l'imaginer*. C'était un mystère, un X à la fin d'une équation indéchiffrable.

Et c'était infiniment plus terrifiant que toutes les menaces qu'elle pouvait identifier.

— C'est aussi pour ça que je suis venu te parler, dit Trevor. Il faut déchiffrer le code au plus vite. Et je peux peut-être t'aider. Je suis assez doué en maths et en probas.

Sarah se força à hocher la tête.

— Toute l'aide que tu pourras m'apporter est la bienvenue, Trevor.

Il sourit et se mit à arpenter le bureau de long en large.

— Aujourd'hui, j'ai pensé à un truc qui pourrait s'avérer utile. As-tu déjà entendu parler du Code de la Bible ?

Le cœur de Sarah se serra. La dernière fois qu'elle avait parlé à Josh avant son enlèvement, ils s'étaient disputés à ce propos.

— Oui, répondit-elle d'une petite voix.

— Qu'est-ce que tu sais ?

— Pas grand-chose. Mon grand-oncle y croyait. Il prétendait que toute l'histoire de l'humanité était inscrite en code dans la Torah...

Elle s'interrompit, embarrassée. Elle avait toujours réfuté cette théorie. Ce n'était à ses yeux qu'une superstition ridicule à laquelle se raccrochait son grand-oncle vieillissant. Mais c'était à une autre époque, dans un autre monde. Un monde sans Visionnaires et sans prophéties qui se réalisaient.

— Moi non plus, au début, je n'y ai pas cru, répondit Trevor avec gravité, mais, en fait, le système mathématique est assez génial. On nous en a parlé l'année dernière en cours de statistiques. Il part du principe que des messages sont dissimulés dans le texte de la Bible, le texte original, en hébreu. J'y ai pensé parce que ton parchemin est lui aussi écrit en hébreu. Bref, les messages sont censés se cacher dans des séquences de lettres équidistantes. Mais ce qui...

— Cachés dans quoi ? le coupa Sarah.

Trevor s'arrêta près de la porte et sourit.

— Pardon, s'excusa-t-il. Des séquences de lettres équidistantes. Tu prends une phrase et tu colles tous les mots bout à bout. Tu obtiens une longue chaîne de lettres,

O.K. ? Tu prends la première lettre, puis tu en sautes, disons, cinq, tu prends la suivante, tu en sautes encore cinq, tu prends la suivante et ainsi de suite. Ce sont ces lettres-là qui composent le message, tu comprends ?

Sarah hocha la tête avec lenteur, les sourcils froncés. Les maths n'avaient jamais été sa matière forte. Loin de là. Rien que d'entendre des mots comme « équidistant », elle se sentait intimidée.

— Tu veux dire que...

Elle laissa sa phrase en suspens. Une ombre venait d'apparaître derrière Trevor dans l'embrasure de la porte.

— Salut, vous deux !

Le cœur de Sarah fit un bond. *Oh non !*

— Jezebel ? s'écria Trevor en faisant volte-face.

— Non, espèce d'idiot !

Mais c'était bien elle. Elle passa devant Trevor dans toute sa splendeur, le visage fardé de noir. Elle arborait une longue robe, noire elle aussi, qui accentuait encore la pâleur de sa peau.

— Combien de fois je vais devoir vous répéter que je ne suis *pas* Jezebel ?

Sarah était pétrifiée dans son fauteuil. C'est alors qu'elle aperçut l'arme : un petit revolver dans la main droite de Jezebel. Il avait les mêmes reflets argent que les bagues à ses doigts.

Seigneur ! Ne fais pas de bêtise, je t'en supplie, Jezebel...

— Je ne suis *pas* Jezebel ! répéta celle-ci, comme si Sarah avait parlé à voix haute.

Elle leur lança un sourire vide. Une lueur inquiétante s'alluma dans ses yeux noirs.

— Je pensais que, depuis le temps, vous l'auriez tous compris.

— Tu es Lilith, murmura Trevor. Tu es le Démon...

— Ferme-la, Trev, le rabroua-t-elle. Je ne suis pas d'humeur.

Fou de rage, il se précipita vers elle.

— Non, Trevor ! Elle est armée ! cria Sarah.

Sa mise en garde vint trop tard. Jezebel esquiva Trevor comme un torero et lui flanqua un coup de crosse sur l'arrière de la tête. Il trébucha avec un cri de douleur et se retourna.

— Qu'est-ce qui te...?

Il se figea, les yeux rivés sur le revolver.

— Eh oui, fit Jezebel avec un gloussement en pointant l'arme droit sur son torse. Tu le reconnais ? C'est un des tiens.

— Jezebel, je t'en supplie, murmura Sarah d'une voix tremblante. Ne fais pas de mal à Trevor. Dis-moi juste ce que tu veux.

— Pour commencer, roule donc le parchemin, ordonna Jezebel.

— D'accord, d'accord, fit Sarah, les mains levées.

Elle tourna fébrilement les deux baguettes et serra tant le parchemin qu'il grinça.

— Voilà. Et maintenant, arrête de viser Trevor.

Jezebel s'esclaffa à nouveau.

— Pourquoi ? C'est tellement marrant.

— C'est bon, Jez, arrête, fit Trevor d'une voix rauque, lançant un bref regard à Sarah. Pose cette arme. On va parler.

— De quoi veux-tu donc parler ? demanda Jezebel en clignant des yeux, faussement étonnée.

Surtout pas de panique. Sarah avait toujours les doigts crispés sur les poignées du parchemin. Il était lourd entre ses mains et ferait sans aucun doute une excellente matraque. Mais Jezebel se tenait à presque cinq mètres. Sarah, elle, était toujours assise. Le temps qu'elle bondisse, Jezebel aurait le temps d'appuyer sur la détente.

— Tu veux vraiment que j'arrête de pointer le revolver sur toi ? demanda celle-ci.

Trevor hocha lentement la tête.

— D'accord...

Une détonation assourdissante vrilla les tympans de Sarah. Trevor fit un bond en arrière comme si des mains invisibles l'avaient soulevé du sol et précipité contre le mur.

Sous le regard effaré de Sarah, il s'effondra dans un angle de la pièce. Une odeur âcre de poudre flottait dans l'air.

— C'est mieux comme ça ? demanda Jezebel.

Sarah l'entendit à peine tant ses oreilles sifflaient. Elle était tétanisée.

Je suis en train de rêver. Je suis en plein cauchemar.

Trevor avait les yeux ouverts, figés dans une expression de légère surprise. Un petit rond rouge trouait son T-shirt blanc.

— Donne-moi ça, dit Jezebel qui arracha le parchemin des mains de Sarah. Merci beaucoup.

Non, arrête...

Dans sa tête, une voix hurlait à Sarah de se lever, d'empêcher la meurtrière de s'enfuir avec le parchemin. Mais son corps semblait incapable d'obéir.

Impuissante, elle regarda Jezebel franchir le seuil et disparaître dans la lumière déclinante de l'après-midi.

Vous avez survécu à septembre ?
Vous allez bientôt le regretter...

Ne ratez pas le prochain épisode de
COMPTE À REBOURS
en vente le 25 septembre1999

HASHAYD !

John s'enfonça dans les bois et suivit l'étrange mélopée en se frayant un passage entre les branches. Les aiguilles piquantes des pins lui égratignaient les mains. Sa progression était difficile et il trébucha plusieurs fois. Il faisait très sombre, plus sombre que sur le sentier. Il scruta le sous-bois dense, tentant de repérer dans quelle direction il allait. Il aperçut enfin une lueur rougeâtre à quelques mètres devant lui. Il s'approcha encore et découvrit un feu dans une petite clairière. Une épaisse fumée lui piqua les yeux.

— *Hashayd ! Hashayd ! Hashayd !*

De mieux en mieux. Voilà qu'elles se mettaient à délirer en charabia.

Soudain, il se pétrifia.

Une minute...

Comme mû par un ressort, John se baissa dans les taillis et se cacha derrière un tronc humide. Il *connaissait* ce mot. Ce n'était pas du charabia. En hébreu, *Hashayd* signifiait « Démon ». Il en était sûr. Sarah lui avait appris quelques mots du parchemin en août, alors qu'ils traversaient la moitié des États-Unis dans la vieille Chevrolet. Et celui-ci revenait tout le temps...

Il était tombé sur des adoratrices du Démon.

5137

Composition Nord Compo
Achevé d'imprimer en Europe (Allemagne)
par Elsnerdruck à Berlin
le 16 juillet 1999
Dépôt légal : juillet 1999. ISBN 2-290-05137-3
Éditions J'ai lu
84, rue de Grenelle, 75007 Paris
Diffusion France et étranger : Flammarion